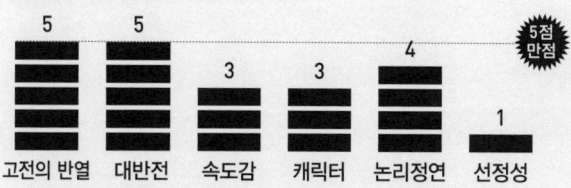

《변호 측 증인》 성분 함량표

항목	점수
고전의 반열	5
대반전	5
속도감	3
캐릭터	3
논리정연	4
선정성	1

(5점 만점)

함량표 항목 설명(각 항목 5점 만점)

고전의 반열	역사적 의의와 수상 경력
대반전	독자 기만 점수
속도감	스피디한 전개
캐릭터	매력적인 캐릭터
논리정연	논리적인 해결
선정성	사건의 잔인함

검은숲 함량표 모음 http://blog.naver.com/sigongbook/140134080161

변호측
증인

옮긴이 **권영주**

서울대학교 외교학과를 졸업하고 동 대학원에서 영문학을 전공하였다. 옮긴 책으로 《삼월은 붉은 구렁을》《흑과 다의 환상》《나의 미스터리한 일상》《다다미 넉 장 반 세계일주》《얼어붙은 섬》《리큐에게 물어라》《아 아이이치로의 낭패》《프랜차이즈 저택 사건》《개는 어디에》《산마처럼 비웃는 것》 등이 있다.

"BENGO GAWA NO SHONIN" by Kimiko Koizumi
Copyright ⓒ Soichiro Sugiyama 2009
All rights reserved.
Original Japanese edition published by Shueisha Inc.
This Korean edition published by arrangement with Shueisha Inc., Tokyo
in case of Tuttle-Mori Agency, Inc., Tokyo
through Imprima Korean Agency, Seoul

본 저작물의 한국어판 저작권은
Tuttle-Mori Agency, Inc., Tokyo와 Imprima Korean Agency를 통해
Shueisha Inc.와의 독점 계약으로 (주)시공사가 소유합니다.
저작권법에 의해 한국 내에서 보호를 받는 저작물이므로
무단전재와 무단복제를 금합니다.

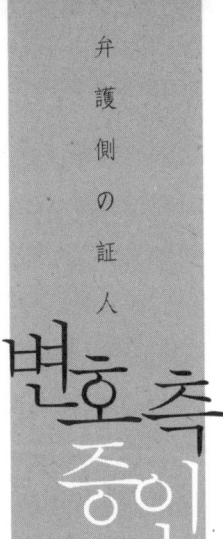

弁護側の証人

변호측 증인

고이즈미 기미코 지음
권영주 옮김

* 작품 중에 형법 제200조 존속살인에 관한 기술이 있는데, 이는 1995년 형법 개정에 의해 삭제되어 현재 존재하지 않습니다. 그러나 작품 발표 당시 설정을 고려해 원문 그대로 두었음을 밝힙니다.
―일본 편집자 백

차례

서장 6
제1장 신랑 20
제2장 내 편과 나 44
제3장 타인 58
제4장 '검은 소'와 나 86
제5장 아기 101
제6장 산들바람과 나 139
제7장 시체 146
제8장 악몽과 나 172
제9장 용의자 183
제10장 우문과 나 221
제11장 증인 228
종장 262

작품 해설 미치오 슈스케道尾秀介, 소실가 283

弁護側の証人

서장
序章

우리는 면회실 철망 너머로 입을 맞추었다. 짧고 이름뿐인 입맞춤이었다. 싸늘하게 식을 대로 식은 우리 입술은 아주 잠깐 맞닿았을 뿐이었다.

그런 것을 입맞춤이라 할 수 있는지 나는 알 수 없었다.

"안녕……."

남편이 말했다.

그는 지난번에 만났을 때보다 살이 붙어 훨씬 건강해 보였다. 이제는 침착함을 거의 되찾아 나를 봐도 딱히 동요하는 기색은 없었다.

그는 자상하고 서글픈 눈으로 나를 보고 있었다.

턱부터 관자놀이에 걸쳐 과거에 그리도 격렬하게 내 뺨에 비벼대던 어둡고 푸른 숲이 있었다.

'맑고 쓸쓸한 빛이 어린 저 눈! 저렇게 나를 똑바로 내려다보는 저 눈! 저게 살인을 저지른 사람의 눈일까?'

또 똑같은 생각을 하고 있는 나 자신을 깨달았다.

"그렇지 않아." 나는 말했다. "다 끝난 게 아니잖아. 아직 항소가 남아 있어. 상고도 있고."

이런 허세가 지금의 남편 귀에 얼마나 공허하게 들릴지 이제 그만 알 만도 한데.

내 태도는 분명 무척 꼴사나웠을 것이다.

나를 내려다보는 남편의 눈에 처음으로 어렴풋이 초조함 비슷한 표정이 떠올랐다.

"아직도 그런 소리를 해?" 그는 말귀를 못 알아듣는 아이를 나무라듯 말했다. "이제 그만 냉정해지지 그래? 사형이 선고됐고, 변호사들도 단념했다고. 항소를 해봤자 어차피 똑같은 일만 되풀이될 테고, 앞으론 면회도 지금처럼……"

"난 냉정해." 나는 아랑곳하지 않고 말을 이었다. 말귀를 못 알아듣는 아이처럼. "태어나서 이렇게 냉정한 건 처음이야. 난 마지막 순간까지 희망을 잃지 않기로 결심했단 말이야. 세상 모든 사람한테 버림을 받아도 나만은, 나 혼자만은."

남편은 미소를 지었다.

내 허세가 그냥 허세에 불과하다는 것을 알고 측은한 마음이 든 것이다. 그래서 그는 미소를 지은 것이다.

남편은 철망 사이로 손을 내밀어 내 손을 더듬어 찾더니 손끝을 살며시 쥐었다.

"당신 심정은 잘 알아. 그런 생각이 드는 것도 무리가 아니라고 생각해. 하지만 이제 와서 우리가 뭘 할 수 있다는 거지? 우리는 그렇게 필사적으로 애썼잖아. 변호사, 증인, 온갖 조사. 현장 상황이나 알리바이도 몇 번씩 다시 검토해달라고 했지. 그러고도 안 됐어. 확고한 반증을 찾아내기는 고사하고 오히려 더 불리해지기만 했잖아. 이제 와서 당신 혼자 뭘……."

남편이 문득 나를 똑바로 쏘아보았다.

자상하고 고요한 빛은 그의 눈에서 사라지려 했다.

그는 나를 응시하며 금단의 비밀을 감춘 문이라도

여는 양 그다음 말을 천천히 입 밖에 냈다.

"설마 당신…… 판결을 뒤엎을 수 있을 어떤 새로운, 유력한 증거가 생각났다…… 그런 말은 아니겠지? 만약 그렇다면……."

교도관이 다가오는 발소리가 들렸다. 면회 시간이 끝났음을 알리러 천천히 다가오는 것이다.

"알았단 말이야." 나는 낮은 목소리로 대답했다. "누가 아버님을 죽였는지, 그걸 감추기 위해 그 사람이 어떤 짓을 했는지를. 혹시나 싶긴 했지만, 범인이란 증거를 도저히 잡을 수 없었던 사람……. 공판 막바지에 이르러서 그제야 비로소 그 증거를 잡을 수 있었어."

교도관의 그림자가 바로 저기에 보였다. 나는 얼굴을 똑바로 쳐들었다.

"그러니까 이제 괜찮아. 난 한 번 더 부딪쳐볼 거야. 내 말을 믿고 그걸 이용해서 어떻게 해줄 사람을 찾아서 다 털어놓고 이야기해볼 거야. 난 절대 포기하지 않아."

"하지만 변호사를 만난다고……."

남편이 애원하듯 입을 열었으나, 이미 말을 주고받

을 시간이 없었다. 나는 남편의 손가락을 꽉 쥐었다가 바로 놓았다. 그러고는 빠른 말투로 덧붙였다.

"날 믿어. 아무도 죄 없는 사람을 사형에 처할 순 없어."

헤어질 때 내 눈꺼풀에 남은 것은 여전히 철망을 붙들고 있던 남편의 손가락이었다. 그것은 바들바들 떨리고 있었다. 잔잔한 수면에 던진 돌멩이가 퍼뜨린 잔물결처럼.

내가 돌을 던진 것이다.

남편이 기껏 손에 넣으려던 마음의 평화를 내가 어지럽히고 말았다.

그는 오늘 나와 면회한 것을 후회할 게 틀림없다.

그는 또다시 잠 못 이루는 긴긴 밤들을 보내게 될 것이다. 무시무시한 불안과 기대와 초조감의 소용돌이 속에서 이리 밀리고 저리 밀리고 한 끝에, 이제 한시도 더 견딜 수 없다며 제발 빨리 형이 확정되고 집행되어 끝나게 해달라고 자포자기의 심정으로 기도할 것이다.

그는 그런 사람이니까.

그러나 나는 다르다.

나는 그가 생각하는 것처럼 그렇게 쉽게 체념하는 사람이 아니다. 내가 그렇게 미덥지 못한 여자라고 생각했다면 그건 그의 착각이다. 내가 벌써 싸울 기력을 상실해 이대로 순순히 운명에 따르리라고 생각하고 있다면, 큰 착각이다.

그날 밤 이미 친숙해진 고독한 어둠이 여느 때처럼 나를 감쌌을 때, 나는 아직 눈을 크게 뜨고 그 어둠을 응시하고 있었다. 어둠 속 어디선가 목소리가 들렸다. 바로 2, 3일 전에 들은 매우 엄숙하고, 거드름 피우고, 냉혹한 목소리였다. 그것은 이렇게 말했다.

'피고를 사형에 처한다.'

그 말을 들었을 때 나는 왜 남편을 보지 않았을까? 물론 볼 수 없었던 것이다. 남편이 어떤 태도로, 어떤 표정으로 그 말을 듣는지 나는 도저히 확인할 수 없었다.

'……를 사형에 처한다. 판결 이유. 소인訴因 1. 야시마 류노스케 살해에 관해서는 형법 제200조를 적용해…… 소인 2. 문서 훼기에 관해서는 형법 제46조에서 정한 바에 따라 형을 과하지 않고…… 범행은 잔학무도하기 그지없어…… 그 동기에 정상 참작의 여지가 조금도 없다고는 할 수 없으나…… 피고인에게 개심의 빛이 전혀 보이지 않고 어디까지나 자신의 무죄를 주장하여…… 그 태도에 일말의 동정도…….'

 법정 안은 물을 끼얹은 듯 조용했다. 판사들, 검사들, 변호사들, 방청인들. 모두 하나같이 돌로 조각한 것 같은 얼굴들이었다. 그러면서도 그 뒤에서 재판장의 낭독이 끝나자마자 "만세!" 하고 부르짖을 듯한, 들썩들썩하는 어떤 것을 애써 억누르고 있었다.

 법정 남쪽 창문으로 햇살이 한가득 쏟아졌다. 그 햇살과 먼지 낀 창유리에 흐릿하게 반사되는 빛이 뭔가를 생각나게 했다. 이곳의 기이한 고요함과 장중함, 긴장 속에 내재한 일말의 기대감과 흥분, 판사석과 증언대, 방청인을 위한 살풍경한 나무 벤치의 배열이 자꾸만 뭔가를 생각나게 했다.

 이곳 정경과 비슷한 어떤 것. 아니면 전혀 비슷하지도 않은 것, 매우 동떨어진 성질의 것이면서 아주 비슷한 것……. 분명히 한 번은 내 인생에 찾아왔을 것. 그것도 이 법정을 뒤덮은 숨 막히는 장중함과 똑같은 장중함으로, 똑같은 긴장과 흥분으로 내 인생에 찾아왔을 것.

둘은 매우 비슷했다. 너무 비슷해서 뒤섞이고 겹쳐져 뒤범벅이 될 것 같을 지경이었다.

'……이 판결에 대해 피고인은 14일 이내에 도쿄 고등법원에 항소할 수 있다. 피고인의 경우 형사 소송법 제360조의 2에 의거하여 상소권 포기가 인정되지 않으므로, 변호인과 잘 상의하여 합당한 조처를 하도록.'

그 목소리가 냉혹하지는 않았다. 큰 죄를 지은 인간에게 사형 판결을 내리는 재판장의 목소리가 엄숙한 것은 당연한 일이었다. 재판장은 지극히 타당한 일을 했을 뿐이다. 만약 그 인간이 정말 죄를 짓기만 했다면.

냉혹한 것은 판결이 아니었다. 냉혹한 것은 따로 있었다. 검사도 아니고 판사도 아니고 경찰조차 아니었다. 다른 사람들이었다. 일치단결해서 이 판결이 내려지게 하는 데 성공한 사람들이었다.

어둠을 응시하는 내 눈에 그 사람들 모습은 잘 보이지 않았다. 나는 그런 것을 볼 필요는 없었다.

내 눈에는 간소한 봄 투피스에 조그만 흰색 모자를 쓰고 하얀 꽃다발을 쥔 채 안절부절못하는 신부와 그 옆에 선 단정한 신랑의 모습이 보였다. 제대 뒤의 채색 유리창으로 비쳐 드는 장미색 빛이 보였다. 그 창문을 배경으로, 나를 멍하니 바라보던 십자가에 못 박힌 그리스도 상의 창백하고 무기력한 옆얼굴이 보였다.

내 귀에는 우리를 앞에 두고 오래도록 기도를 되풀이하는 목사의 엄숙하고 거드름 피우는 어조가 들려왔다.

그래, 재판장의 낭독을 들으며 자꾸만 떠올랐던 것이 이것이었다. 법정의 창문과 판사들의 표정을 바라보며 내가 떠올렸던 것이 이것이었다.

그날 일이라면 나는 작은 것까지 모두 기억하고 있던 터였다. 판결이 내려진 날의 법정을 잊지 못하는 것과 마찬가지로, 그날 일을 나는 모조리 기억하고 있었다. 그날의 모든 것이 신선하고, 생기가 넘치고, 흥분에 차 있었다. 그곳에는 온갖 기대가, 모험이, 꿈으로 건너가는 다리가 있었다.

우리 사이에서 생겨난 그 평범하면서도 근사한 사랑의 결말이, 이윽고 깃털 이불 위에 피투성이가 되어 쓰러져 있던 추악한 한 노인의 시체와 어디서도 걸리지 않고 바로 연결된 것을 생각하면 정말 신기하다!

목사가 남편에게 나를 아내로 받아들이겠느냐고, 죽음이 두 사람을 갈라놓을 때까지 애정과 경의로써 아내를 대하겠느냐고 물었을 때도 나는 남편의 얼굴을 보지 못했다. 심하게 긴장한 상태였을뿐더러, 무엇보다도 다음은 목사의 물음에 내가 답할 차례라는 생각만으로도 머리가 꽉 차 그의 얼굴을 올려다볼 여유가 없었다.

지금 생각하면 그 서약 문구를 만들어낸 사람은 그리 섬세한 타입은 아니다 싶다.

목사는 우리에게 형식에 따라 '죽음이 두 사람을 갈라놓을 때까지'라는 표현으로 영원을 맹세케 했는데, 이 '죽음'이란 대체 누구의 죽음을 의미하는가?

우리는 둘 중 어느 한 쪽의 죽음으로 갈라진 게 아니었다. 우리는 둘 다 죽지 않았다. 그런데도 우리는 철창살 안과 밖으로 나뉘었다. 우리는 철망을 사이에 두고 얼굴을 마주 볼 수도 있고, 손가락을 맞댈 수도 있다. 마음만 먹으면 입도 맞출 수 있다. 그러나 우리 사이에는 수만 킬로미터에 달하는 거리가 생겼다.

 우리를 갈라놓은 것은 우리 둘 이외의 사람을 덮친 죽음이었다. 그런 게 우리를 갈라놓는 일은 결코 있을 수 없을 터였다. 적어도 목사의 물음에 순종적인 기계처럼 대답했던 그때, 우리는 그런 것은 생각지도 못했다.

弁護側の証人

제1장
신랑

"……을 남편으로 받아들이겠습니까?"

목사가 이번에는 신부에게 물었다.

"성실한 여성으로서 건강할 때나 병들 때나, 부유할 때나 궁핍할 때나, 애정과 경의로써 남편을 대하고 남편 이외의 남성을 가까이하지 않을 것을 서약하겠습니까? 죽음이 두 사람을……."

그 전에도 물론 이런저런 말을 늘어놓았는데, 신부는 알아듣지 못했다.

목사의 말은 그녀가 지금까지 들어본 적도 없는 장엄한 종교 음악처럼 귓가를 그냥 스치고 지나쳤다.

"네."

그녀는 이럭저럭 대답했다.

"그럼 반지를 교환하십시오."

목사의 말에 따라 장갑을 벗을 때, 그녀는 잠깐 꾸물거렸다. 무대처럼은 되지 않았다.

대부분의 신랑 신부가 이때 실수를 하는지, 목사는 별반 떨떠름한 표정을 짓지도 않고 신혼부부를 향해 익숙하고도 생기 없는 영업용 미소를 던지며 말했다.

"축하드립니다."

식은 그것으로 끝났다.

예배당 안에 목사를 포함해도 모두 네 명밖에 없다는 사실은 신부를 그리 쓸쓸하게 하지 않았다. 다만 부모가 살아 있었다면 하는 생각을 하니 그것이 조금 아쉬웠다.

'그렇지만 괜찮아. 이젠 외톨이가 아니니까. 남편이 생긴 거야. 이렇게 멋진 남편, 그리고 가족…….'

그러나 과연 그녀에게 가족이 생겼을까? 이는 매우 의문이었다.

그녀는 또다시 다소 불안한 표정이 되어 텅 빈 벤치를 등지고 홀로 선 하객을 돌아보았다. 하기야 그

하나뿐인 하객은 50인분에 필적하는 축하와 볼륨과 소란스러움을 겸비한 사람이었다.

"축하해! 결혼식이란 거 좋구나. 좌우지간 아멘이야. 나까지 눈물 난다, 얘."

'클럽 레노'의 전속 스트립 댄서 중에서도 최고의 인기를 자랑하는 에다 쓰키조노가 소리쳤다.

에다는 이미 그 바닥에서는 한창때가 지났다고 할 나이였으나, 그녀가 그 관능적인 허스키한 목소리로 목청을 돋우니 화려한 드레스와 액세서리 밑에서 불룩한 가슴이 탄력 있게 출렁였다. 목사가 서둘러 떠난 것은 자기 역할만 다하면 그만이라는 냉담함 때문만은 아닌 듯했다. 신부는 목사를 동정했다.

"고마워, 에다. 와줘서 정말 기뻐."

"이젠 미미 로이가 아니구나. 아시마 스기히코 부인이구나! 다른 애들도 오고 싶어 했는데, 아무래도 '핑크 베드' 연습이랑 겹치는 바람에 나만 살짝 빠져나온 거야. 게다가……." 에다는 어깨를 으쓱했다.

"다들 조금씩은 네가 샘나니까 말이지. 이 나조차 너한테 처음 이야기를 들었을 땐 열 좀 받았는걸. 일류라곤 할 수 없는 카바레 스트리퍼랑 야시마 산업

후계자와의 조합. 만난 지 한 달도 안 돼서 전격 결혼. 이거야 원, 뭔가 안 좋은 일이 벌어질 게 틀림없다 싶더라."

"나도 스트립 정도는 본다고." 스기히코가 말했다. "아니, 스트립이라면 본다고 바꿔 말하는 게 좋을까. 뭐, 어쨌든 거창하게 생각할 건 전혀 없어."

그는 신부의 팔을 잡았다. 세 사람은 출구를 향해 예배당 중앙 통로를 걷기 시작했다.

"무심코 들어갔던 이류 '레노'에서 내가 이류가 아닌 인생의 반려를 발견한 것뿐이잖아."

"하지만 세상 사람들은 그렇게 단순하게 보질 않는다고. 실제로 외아들이 결혼한다는데 댁의 가족은……."

"에다, 제발 부탁이야."

신부가 소매를 잡아당기자, 에다는 아뿔싸 하듯 입술을 오므라뜨렸다.

"그러네, 식 같은 게 문제가 아니었지. 두 사람은 서로 첫눈에 반했고, 지금은 상대방 얼굴 말고는 아무것도 눈에 안 들어올 만큼 열렬하게 사랑하는 사이고. 집안이니 재산이니 호화로운 피로연 같은 것 때문에 부부가 된 게 아니었지. 그건 나도 잘 알아. 게다가 넌……."

에다는 느닷없이 외국인을 보는 듯한 눈빛으로 신부를 위아래로 훑어보았다.

"제대로 된 학교도 다녔겠다, 부모만 살아 있었으면 이런 일을 했을 애가 아니니까."

"웨딩드레스만은 미련이 남지 않아?"

스기히코의 말투에는 몸도 마음도 모두 서로에게 허락한 관계에서만 통하는, 놀리는 듯한 냉담함이 있었다.

"'팬시즈' 진열창에 있었던 그거, 바로 입을 수 있는 건 그것밖에 없으니까 사도 된다고 내가 몇 번이나 말했잖아."

"이거면 충분해."

신부는 진심으로 대답했다.

의상은 고사하고 결혼식을, 기도가 딸린 결혼식을 한평생 올릴 수 없었을지도 모르는데.

"그렇게 우쭐해서 뭐든 다 하려고 들었다간 천벌 받아. 이것만 해도 무서울 지경인데."

그녀는 왼손 약지를 장식한 작은 다이아몬드들을

바라보았다. 스기히코가 자기 '용돈'으로 사주었다.

'아버지만 허락했으면 이보다 좀 더 괜찮은 걸 살 수 있었을 텐데.'

그는 그런 말로 변명했지만, 솔직히 그때 그녀는 반지 따위 그 10분 1이어도 되니까 그 대신 그의 가족, 아버지와 누나 부부에게 육친으로 인정받을 수 있으면 좋겠다고 생각했다.

그러나 뭐, 조급하게 생각하지 말자.

에다 말대로 아무리 봐도 이 결혼에는 순순히 수긍할 수 없는 뭔가가 있었다. 신부 본인이 그렇게 느낄 정도인데, 바로 얼마 전까지 무대에서 배꼽을 내놓고 춤추던 여자가 가족의 일원이 된다는 것을 알고 당황하지 않는 편이 이상하다.

하물며 그들은 거창한 직함이며 인명사전의 한 페이지, 우아한 목례 등이 연상되는 집안이고, 올이 나간 망사 스타킹이나 "궁둥이를 더 흔들어!" 하고 악쓰는 주정뱅이 따위는 눈 씻고 찾아봐도 없다.

뭐, 조급하게 생각하지 말자.

아무튼 자기가 할 수 있는 범위 내에서 최선을 다해 잘 해볼 일이다.

'그렇지만…… 내가 그렇게 요령 좋게 할 수 있을까?'

지금까지 자기가 얼마만큼 인생을 요령 있게 살아왔는지 미미 로이는 멍하니 생각해보았다.

'미미 로이, 스트립으로 먹고살려면 이 정도 서비스를 마다해선 안 되지.'

'미미 로이, 자기가 춤만 갖고 돈을 받을 수 있을 만큼 잘 춘다고 생각하나?'

미미 로이, 미미 로이, 굼벵이에 내숭이나 떨고, 좌우지간 논할 가치도 없는 미미 로이, 실수만 연발하는 미미 로이…….

이 칠칠치 못하고 바보 같은 예명과는 이제 안녕이다. 땀내 나는 버터플라이, 상스러운 야유, 밤늦게 혼자 남아 연습하는 것도 이제 안녕이다. 그녀는 야시마 스기히코 부인이 된 것이다.

그녀가 이제 발을 들여놓으려는 세계는 교태와 억지웃음, 거짓말과 함정, 배신으로 점철된 세계가 아니었다. 곱게 잘 자란 사람들, 남을 의심할 줄 모르는 자상한 사람들의 세계였다.

'아무튼 해볼 일이다. 의외로 잘될지도 모른다. 어

쨌든 내 갈 길은 이제 이것밖에 없다.'

그녀는 무의식중에 결혼반지를 쓰다듬었다. 잠깐 동안 그녀의 마음은 남편에게서도, 에다에게서도 동떨어진 어디 먼 곳을 헤매는 것처럼 보였다.

"하여간 당신이란 사람은." 스기히코는 신부의 이마에 가볍게 입술을 갖다 댔다. "근래에 찾아보기 어렵게, 욕심 없고 특이한 여자라니까."

"그래, 앤 정말 특이하고 보기 드문 애야." 에다가 맞장구를 쳤다. "그러니까 애한테 잘해줘. 결혼이 정해진 뒤로도 앤 우쭐해서 설치기는커녕 며칠씩이고 겁에 질려서 고민했다고. '괜찮을까? 나중에 돌이킬 수 없는 일이 벌어지는 건 아닐까?' 하고. 다른 여자들 같으면 앞으로 옷을 몇 벌이나 살 수 있을까 세고 있을 때 말이야."

재규어 마크 3.4가 교회 문 앞에 서 있었다. 스기히코의 차다.

이 차를 마음 가는 대로 달려 며칠 신혼여행을 갔다 오면 그들은 쇼난의 F시 교외에 있는 신랑의 집, 정확히 말하면 신랑 아버지의 집으로 들어간다.

그 집에서 산다는 계획을 스기히코에게 들었을 때,

그녀는 다소 당황했다.

 결혼식에도 참석하지 않을 만큼 두 사람 사이를 인정하려 하지 않는 시아버지와 손위 시누이가 어째서 그것을 허락하는가? 그들의 화가 가라앉을 때까지 어디 조그만 연립에라도 세 들어 살면 어떨까?

 그러나 스기히코는 태연했다.

 "난 그 집 외아들이라고. 이러니저러니 해도 아버지는 결국 나한테 회사를 물려줄 수밖에 없어. 누나네는 가끔 놀러 올 뿐이고, 아버지는 류머티즘 때문에 비척거리며 돌아다니는 노인네야. 연립에 세 들어 살자고? 그 널따란 집을 가정부들 낮잠 장소로 제공하고?"

 그러고도 그녀는 오랫동안 고민했으나, 결국 남편 뜻을 따르기로 했다.

 "아버지를 만나기 싫으면 며칠씩 얼굴도 안 보고 지낼 수 있어. 아버지는 별채에서 완전히 따로 생활하니까."

 스기히코는 그런 말도 했지만, 그것은 그녀의 본의가 아니었다.

 할 수만 있으면 그녀는 시아버지가 될 노인을 일른

만나고 싶었다. 시누이와 그 남편, 친척들, 고용인들조차 빨리 만나 친해지고 싶었다. 시누이 앞에 서서 이렇게 말해주고 싶었다. 할 수만 있으면.

"형님께서 저에 관해 어떻게 생각하시는지 남편을 통해 들었습니다만, 그건 형님 생각이 지나치신 거예요. 전 야시마 가의 재산을 노리고 그이를 유혹한 게 아닙니다. 그이가 '클럽 레노'에 내리 열흘을 찾아오더니 제게 청혼한 거예요. 물론 전 처음엔……."

교회 앞마당의 가시 없는 아까시나무가 4월의 산들바람에 잎이란 잎을 모두 살랑이고 있었다. 공기는 새콤달콤하고, 젖은 흑토와 새싹 향기가 났다. 그녀의 마음은 참을 수 없이 들썩거리기 시작했다.

먼저 재규어에 올라타 엔진을 점검하던 스기히코가 그녀를 돌아보고 얼른 타라는 듯 경적을 울렸다. 그녀는 꽃다발을 에다에게 쥐여주고 손을 꽉 잡은 뒤, 허둥지둥 남편 옆자리에 올라탔다. 양복 앞섶에 꽂았던 꽃을 성가신 듯 잡아 뽑고 선글라스를 고쳐 쓴 스기히코는 진지한 신랑에서 여느 때와 같은 방탕한 부잣집 아들로 돌아와, 에다에게 손을 흔들고 위세 좋게 차를 출발시켰다.

반동으로 신부는 좌석에 세게 엉덩방아를 찧었다. 괜찮아, 괜찮아. 남편은 에다를 질투하는 거야. 그녀는 아량 있는 태도를 보였다.

 '나랑 에다가 너무 오래 이별을 아쉬워하니까 일부러 거칠게 출발한 거야. 하여간 정말 어쩔 수 없는 응석받이 도련님이라니까! 내가 에다랑 무슨 동성애 관계라고 생각하는 거야?'

 엉덩이는 아프고 박수도 카메라 플래시도 없는 출발이었으나, 그녀는 충분히 행복했다. 남편은 에다조차 질투할 정도로 자기를 사랑하는 것이다. 그녀는 에다를 돌아보았다.

 에다는 꽃을 든 채 교회 계단 밑에 서서 눈부신 듯 눈을 가느스름하게 뜨고 그들을 배웅하고 있었다. 그 모습이 순식간에 멀어졌다. 이 결혼을 진심으로 축하해준 유일한 사람인 에다와 헤어져야 하는 것은 그녀에게 고통스러운 일이었다.

 언제 어디서나 그 거대한 유방을 알라모 요새처럼 불쑥 내밀고 미미 로이를 감싸주던 에다. 금전 운도 남자 운도 말씨도 좋지 않지만, 의협심과 누구에게나 통하는 섹스어필은 남보다 세 곱절은 갖추었고,

미미 로이를 붙들고는 버릇처럼 '얼른 좋은 사람 찾아서 일반인으로 돌아가라.'라고 설교하던 에다.

그러나 그 에다조차도 한마디 하지 않고는 못 배겼다. 에다가 다른 댄서들처럼 단순히 선망이나 질투심만으로 말하는 게 아니라는 것은 미미 로이도 잘 알고 있었다.

"네 행운에 찬물을 끼얹으려는 건 아닌데."

야시마 산업의 유명한 아들이 '클럽 레노'의 미미 로이와 사랑에 빠져 결혼하기로 했을 때, 에다는 이렇게 운을 떼고 말했다.

"시집가서 네가 고생할 건 누가 봐도 뻔해. 아니, 스트리퍼라서 그렇다는 게 아니야. 난 너만큼 좋은 아내가 될 여자는 없다고 생각하는걸. 문제는 그 사람이야. 이 바닥에선 모르는 사람이 없을 방탕한 사람이란 말이야. 일족의 골칫덩이라고 이야기되는 그 사람을 새사람이 되게 한 건 네 힘이란 말을 듣게 해야 해. 지면 안 돼. 무슨 일이 있어도 지면 안 돼. 넌 벌거벗고 춤추는 생활에서 발을 빼는 거야."

일족의 골칫덩이. 일족의 골칫덩이.

이 말이 퍼런 쇠무릎 열매처럼 그녀의 마음에 들러

붙어 있었다.

'그게 뭐 어때서?'

그녀는 그 열매를 떨어버렸다.

'이이는 응석받이로 자란 데다 중대한 시기에 어머니를 여의는 바람에 조금 방탕을 했고, 아버지 회삿돈에 조금 손을 댔고, 집안에 조금 먹칠을 했을 뿐이야……. 부잣집 아들한테는 흔하디흔한 실수잖아. 그것도 앞으로는 그만두겠다고 약속했고, 게다가 뭣보다도 저 다정하고 멋진 미소! 난 이 사람을 진심으로 사랑해.'

그것은 분명했다. 그녀는 스스로 정한 길을 걷기 시작한 것이다.

혹은 그녀 내부의 어떤 것이 정한 길을.

'벌거벗고 춤추는 생활에서 발을 빼라고? 그야 당연하지, 에다. 오늘부터 난 이이를 내 목숨보다도 소중히 할 거야.'

질주하는 재규어의 좌석에서 젊은 아내는 남편에게 조금 더 바싹 붙어 앉았다.

*

K현 F시 ○○, 야시마 스기히코 부인이 도쿄도 S구 ××, 카바레 '클럽 레노' 분장실, 에다 쓰키조노, 즉 쓰키노 에쓰에게 보낸 편지.

에다, 잘 지내?

헤어지고 한 달도 안 지났는데 벌써 몇 년 못 만난 것 같네. 그날 일부러 와줘서 고마웠어.

우리는 여행을 무사히 마치고 이 집에 들어왔어. 호텔 정원에서 찍은 스냅사진을 동봉할게. 내 얼굴 좀 봐! 그이가 아이라인을 지우니까 전혀 딴판이라지 뭐야.

이곳 생활은 모든 게 내가 상상했던 대로, 아니, 그 이상이야. F시가 내려다보이는 언덕배기에 집이 있는데, 돈깨나 썼을 잠만 자는 곳이라는 느낌이야. 남편 말로는 어머님께서 돌아가시고 누님이 시집간 뒤로 내내 이랬대. 그러니까 앞으로는 내가 이 집의 호스티스로서('레노'의 호스티스라고 할 때와는 다른 뜻이야. 원래는 이렇게 쓰는 게 맞대.) 이 쓸쓸한 곳을 따뜻한 가정으로 되돌리는 역할을 맡아야 해.

물론 난 아직 아무것도 손대지는 않았어. 이 집에는 '큰마님 생전'부터 있던 가정부가 셋 있는데, 현재 난 그 사람들을 감독하기는커녕 반대로 그 사람들이 날 머리끝부터 발끝까지 훑어보는 단계거든. 난 지금은 얌전히 있다가 기회를 봐서 단번에 그 사람들과 손을 잡을 생각이야.

에다, 내가 이 집 문턱을 처음 넘을 때를 많이 걱정했지?

뭐, 그 정도는 아니었어.

하지만…… 에다. 《레베카》 본 적 있어? 여주인공이 처음 남편 맥시밀리언 드 윈터의 저택에 가는 장면을 에다가 안다면 이야기가 간단할 텐데. 아, 맞다. 에다는 책을 읽으면 5분 만에 잠이 온댔지?

드 윈터 부인은 지금의 내 처지와 아주 비슷해. 그 소설은 우리 부부와 여러모로 닮은 데가 많아.

그렇지만 전혀 다른 부분도 많거든. 그이는 드 윈터 씨처럼 우울증에 걸린 중년 재혼남이 아니려니와, 집 뒤에 시체를 실은 요트가 가라앉아 있는 아름다운 후미가 있는 것도 아니야.

대신, 넓은 정원과 로맨스 아니면 괴담이 숨어 있을 듯한 깊고 오래된 우물, 류머티즘을 앓고 잔소리 많은 영감님이 사는 아름답고 세련된 별채가 있어.

이 영감님이 야시마 산업, 야시마 개발, 야시마 부동산, 그 밖에도 야시마란 이름이 붙은 온갖 기업의 실권과 전 재산을 류머티즘에 시달리는 손에 단단히 쥐고 있는 거야. 정말 여간한 일이 아니지.

그이가 나한테 미리 가르쳐주기로는, 자기 아버지는 '비척거리는,' '저승사자가 데리러 올 날도 머지않은' 병약한 노인이라고 했거든.

에다, 남자들이란 어쩌면 그렇게 설명을 조잡하게 할까!

막상 만나 보니, 그이 아버지는 아닌 게 아니라 류머티즘을 앓기는 했지만, '비척거리지도' 않았고 '뭔가에 한 발이 들어간' 것도 아니었어. 오히려 그이보다 훨씬 생기가 넘쳐서는 '품행이 나쁜' 외아들과 불평만 많은 사원들, 이따금 찾아드는 격렬한 아픔에 역정이 나 호통을 쳐 대는 신경질 많고 고독한 노사장이란 인상을 받았어.

하지만 그건 아주 호의적으로 보면 그렇다는 거야.

지금도 날 며느리로 인정하려 들지 않는 쇠고집 늙은이치고는 말이지!

그나저나 에다, 내가 의외로 빨리 알현을 허락받았다고 생각하겠지?

그러게 말이야, 여기 와서 사흘째에 별채에서 부름이 왔을 때 난 순간적으로 생각했지 뭐야. 드디어 올 게 왔구나, 날 불러서 당장 나가라고 고함치겠구나, 하고.

난 각오를 하고 남편과 둘이서 급히 별채로 건너갔어.

'알현'은 싱겁게 끝났어. 그냥 싱거운 정도가 아니었는걸. 사치스러운 다다미 열 장짜리 방 한복판에 거대한 금고와 서궤, 텔레비전, 낡은 불상 등으로 둘러싸인 호화로운 침상이 깔려 있고, 그 위에 나이트가운을 걸치고 대머리 벗어진 영감이 앉아서 사납게 노려보더니만, '댁이 이 식충이를 개심시켰다는 무희인가? 내 보기에 그런 건 야시마 산업의 노동조합을 억누르는 것보다 어려울 것 같은데!' 하고 고함치는 거야.

난 용기를 그러모아서 애써 밝게 생긋 웃고 밀했어.

'네, 하지만 아버님께서 조합원을 대하시는 마음과는 달리 전 이이를 제 목숨보다 사랑하니까요.'

노사장은 자기가 무슨 말을 들었는지 바로 이해가 되지 않았는지 눈을 껌벅이더니 '뭣이!' 하고 또 고함치길래 나도 그만, '이이를 제 목숨보다 사랑한다고요!' 하고 악썼지 뭐야.

남편은 몹시 허둥대면서 아버님한테서 또 무슨 불벼락이 떨어지기 전에 얼른 별채에서 날 끌고 나왔어. 노사장은 어안이 벙벙해서 입을 딱 벌리고 우리를 쳐다보더라.

하지만 말이지, 에다. 난 이 첫 회견의 성과가 그리 나쁘지 않았다고 생각해. 여태 나가란 말을 안 들었는걸.

하기야 그것도 그때 이래로 학을 뗀 남편이 날 절대 별채에 가까이 못 가게 하면서 필사적으로 아버님을 달래고 구슬리기 때문이겠지. 저번엔 글쎄, 쇠고집 영감이 남편을 이제 회사에 못 두겠다, 생활비 원조 따위 당치도 않다고 하더래. 물론 나랑 연을 끊게 하려고 협박하는 거겠지만.

나 자신은 스스로도 이상하리만큼 낙관하고 있어.

그이가 회사에서 잘리면 잘리는 대로 둘이 힘을 합쳐 살면 되지, 뭐.

그저 우리 사이만 흔쾌히 인정해주면 좋을 텐데……. 나 때문에 그이가 이 집에 드나들지 못하게 되면 불쌍하잖아. 그이, 그래 봬도 속으로는 자기 아버지를 아주 좋아하는걸. 그야 뭐니 뭐니 해도 친부모 자식 간이니 말이야. 하지만 그이가 자기 아버지를 대하는 태도를 보면, '업신여기는' 거라고 하는 게 맞으려나?

내가 그다음 맞설 난관은 야시마 산업 전무이사 부인 자리에 앉아 있는 그이 누나야. 다음 달 초순 일요일에 남편인 히다 전무랑 함께 날 검사하러 올 예정이거든.

그 누님이란 분도 아마 으레 그렇듯이 아름답고 거만하고 말을 거침없이 한다는 장점까지 갖춘 이상적인 상류계급 부인이겠지. 하지만 에다, 이런 말 하면 안 되는 걸까? 그런 부인을 둔 남편들은 왜 그렇게 '레노' 같은 데를 좋아하는 걸까?

아무튼 난 그이 누님 마음에 들도록 노력할 생각이야. 그게 결코 간단한 일이 아니리라는 건 알지만.

에다…… 지금 밤 9시야. '레노'가 활기를 띠기 시작할 시간이지.

에다는 벌써 그 깃털 의상을 입고 밴드 중 누구랑 잡담이라도 하면서 쇼가 시작되길 기다리고 있겠지. 분장실은 땀이랑 파우더랑 라면 냄새로 가득하고, 붉은 테이블 램프 불빛이 점점이 뜬 객석의 어둠을 누비고 술렁거림과 쇼를 시작하는 룸바의 마라카스 소리가 아련히 들려오겠지…….

내가 이런 말을 썼다고 걱정하지 않아도 돼, 에다. 난 다시 버터플라이를 착용하고 싶은 생각은 전혀 없으니까. 그러지 않아도 된다는 걸 진심으로 감사하고 있으니까.

다만 조금 외로울 뿐이야. 그이는 아직 돌아오지 않았고, 우리 방 창문으로 저 멀리 F시의 불빛이 보석 세공처럼 빛나는 게 보이는걸. 그걸 보면 말이지, '레노'가 생각나. '레노'의 여러 추억들이.

내 걱정은 하지 마. 꼭 좋은 아내가 될 거야. 여기 온 뒤로 몸 상태가 좀 이상하지만, 매일 아무것도 안 하고 사니까 그렇겠지. 모든 게 이제 겨우 시작이야.

환절기인데 에다도 건강 조심해. '핑크 베드'가 오

래오래 히트 치기를 기도할게. 분장실 사람들한테도 안부 전해주고.

  이만 총총.

5월 ×일
에다에게
신혼집에서 야시마 나미코

추신
저거 봐, 경적을 세 번 울리는 신호야. 그이가 돌아왔어. 야시마 산업의 젊은 중역이 요새 갑자기 바빠졌나 봐. 그이가 진지하게 살기 시작했다는 걸 에다는 알아주겠지?

  훗날, 이 편지는 중요 증거물로 1심 법정에 제출되었다. 사태의 추이에 분개한 에다 쓰키조노가 분장용 파운데이션으로 얼룩진 이 편지를 경대 서랍에서 꺼내 와서는 재판장에게 덤벼든 것이다.
  그러나 이 긴 편지의 어느 부분을 재판장이 '중요'하다고 보았는지는 에다도 알지 못했다.

제2장
내 편과 나

 그래, 나는 정말 남편에게 자포자기나 다름없는 말을 했다.
 어째서 나는 남편에게 '세상 모든 사람한테 버림을 받아도' 같은 말을 했을까? 나에게는 아직 에다도 있었건만.
 물론 나는 언제 어느 때나 에다를 의지해 왔거니와 무슨 일이건 그녀와 의논했다. 그런데도 내가 그런 말을 지껄인 것은 이번 사건에 한해 에다에게 의지하려는 생각을 무의식중에 내 마음에서 몰아냈기 때문이 분명하다.
 이번만은 아무리 에다라도 어쩔 수 없을 것이다.

게다가 그녀에게는 일이 있고, 나는 그녀의 세계에 작별을 고하고 떠난 인간이다. 에다는 그녀 본연의 다소 거칠기는 해도 포근한 초겨울 날씨처럼 따스한 채찍을 휘둘러 나를 스트립의 세계에서 쫓아낸 터라, 나 자신도 에다를 그리워하지 않는 게 곧 그녀를 안심시키는 일이라고 납득하고 있었다. 실제로 시집간 집을 두고 '레노'의 분장실을 그리워했다가는, 에다는 내가 산적 소굴로라도 시집간 게 아닐까 생각할 것이다.

그러나 내가 에다를 잊으려 한 가장 큰 이유는, 이번 사건에 한해 그녀가 끼어드는 것을 원치 않았던 데 있었는지도 모른다.

내가 그 정도로 에다를 어렵게 생각했다는 의미가 아니라, 내 자존심 때문이었다고 할 수 있다. 일이 이렇게 된 것을 나는 진심으로 부끄럽고 착잡하게 생각했을 뿐 아니라, 내가 개척하려던 새로운 인생이 이렇게 쉽사리 무너졌다는 사실이 에다에게 알려진다는 상황에 참을 수 없는 노여움을 느꼈던 것이다.

그러나 이내 그런 소리를 힐 수 없게 되었다.

나는 지푸라기를 잡아야만 하는 처지에 놓여 있었다. 정신이 들어보니 사방에 짚 부스러기 하나 보이지 않는 채 점점 물속 깊이 빠져들 것 같은 상황이었다. 몇 번을, 부질없는 발버둥을 그만두고 이대로 손을 털썩 내려버리면 얼마나 편할까 생각했는지 모른다.

그러나 그런 생각을 할 때마다 남편 얼굴이 보이곤 했다. 헤어질 때 철창살 저편에서 나를 뚫어지게 바라보던 그 얼굴이. 애원과 기도에 기묘하게 일그러져 보였던 그 얼굴이.

그렇기에 나는 물에 빠질 수 없었다. 나는 빠져서는 안 됐다.

이런 때 힘이 되어주려는 마음이 조금만 있으면 어떤 사람이건 내 지푸라기가 되어줄 수 있다. 설사 그 사람이 부들부들하고 탱탱한 피부를 자랑하는 58킬로그램의 몸뚱이를 눈이 번쩍 뜨이는 앵두색 나일론 새틴 드레스에 억지로 우겨넣은 중년 스트리퍼일지라도.

옷과 똑같은 색의 챙 넓은 모자, 장갑과 하이힐, 진짜 앵두를 따서 엮은 것처럼 보이는 목걸이로 완전무장한 에다 쓰키조노가 며칠 만에 내 앞에 모습을 드러냈을 때, 나는 한순간 가벼운 현기증을 느꼈다. 뭐랄까, 눈앞에 무슨 축제의 장식 수레나 작은 규모의 산불이 느닷없이 나타난 것 같은 느낌이었다.

굶주린 강아지가 갈비뼈를 바라보듯 나는 그녀를 보고, 옷을 보고, 모자를 보고, 그런 다음 또다시 그 밑의 얼굴로 시선을 되돌렸다.

솔직히 그때 나는 에다가 나를 찾아온 진짜 목적을 도통 알 수 없었다.

그녀가 단순히 나를 위로하고 용기를 북돋워주기 위해 왔다면, 그것은 매우 고마운 일이기는 해도 나는 꾸물대며 허비할 시간이 없었다. 나는 해야 할 일이 너무 많았다.

에다는 내 표정을 읽은 모양이었다.

그녀는 감이 발달한 편이다. 에다는 공연한 말은 한마디도 하지 않고 곧바로 핵심에 뛰어들었다.

"자, 데려왔어!" 그녀가 말했다. "이 양반이 내가 전에 말했던 사람이야."

그러더니 한쪽 팔꿈치를 살짝 쳐들어 동행자의 옆구리를 가볍게 찔렀다.

아닌 게 아니라 나는 에다의 복장과 예전과 변함없는 태도에 '환혹'되어 있었던 게 틀림없다. 에다의 말을 들을 때까지 나는 그녀에게만 정신이 팔려 있었다.

하지만 나는 이내 그럴 만도 했다고 나 자신을 타일렀다.

에다가 팔꿈치로 찌른 동행자는 이렇게 새삼 바라본들 분홍색 앵무새 뒤에 숨은 어치만큼도 주의를 끌 존재가 못 되었기 때문이다.

마지못해 에다에게서 그 옆으로 시선을 옮긴 나는 아주 조금 예의를 차리고, 아주 조금 웃음을 참고, 아주 많이 실망했다. 감정이 얼굴에 드러나지 않게 조심해야 했다.

에다는 이번에는 내 표정을 읽지 못한 모양이었다.

아니면 내가 실례되는 태도를 보이기 전에 선수를 친 것이었나. 그녀는 나를 다시 돌아보며 눈을 찡긋하고는, 또다시 사방에 울려 퍼질 것 같은 허스키한 목소리로 덧붙였다.

"힘들게 설득해서 간신히 끌고 나온 거야! 아무튼 이 양반이랑 의논해 봐. 이 양반, 차림새는 별 볼 일

없고 얼굴도 그렇게 잘생겼다곤 할 수 없지만, 그래도 변호사라는 건 확실한 것 같아. 좌우지간 일을 이렇게까지 꼬이게 만든 너희 남편네 그 엉터리 변호사보단 분명히 힘이 돼줄 거야. 한번 속는 셈 치고 이야기해 봐, 미미. 조금은 지혜를 빌려줄지도 모른다고."

그 말을 듣고 생각났다. 전에도 비슷한 일이 있었다.

내가 배탈이 나서 아무것도 못 먹고 분장실에서 파리한 낯빛을 하고 있으려니, 에다는 정체를 알 수 없는 시커먼 약을 들고 와서 먹으라고 했다.

"한방약이 얼마나 좋은데. 모양새는 안 좋지만, 배가 찰 때 아주 잘 들어. 눈 딱 감고 단숨에 쭉 마셔 봐, 자."

또는, "너, 이 아저씨 말을 안 믿는다는 거야? 이 사람 점괘가 얼마나 잘 맞는데. 무대 나가기까지 아직 20분이나 남았잖아. 잠깐, 잠깐만 봐, 무서울 정도로 잘 맞는다니까."

그런가 하면, "얘, 이거 요번에 새로 나온 버터플라이래. 여기를 비틀면, 봐, 꼬마전구에 불이 들어와. 꽤 괜찮지 않아?"

이처럼 에다는 꼬리에 꼬리를 물고 새로운 것, 쓸모 있는 것을 우리에게 소개하곤 했다. 그녀가 우리에게 소개해준 여러 특이한 물건 중에는 꽤 도움이 된 것도 있었지만, 전혀 도움이 안 되는 것도 있었다. 그러나 대개의 경우 해도 없었거니와 무희들은 분장실에서 따분함을 주체 못 하고 있었던 터라, 에다 쓰키조노가 가져오는 것이면 혀가 비뚤어질 것처럼 쓴 이질풀이나 가는귀먹은 대도구 담당자, 감전사의 원인이 될 것 같은 무대 의상조차도 우리는 대체로 환영하곤 했다.

그렇다 한들, 이번에는 이야기가 별개였다.

초면의 변호사를 나는 다시 한 번 살펴보았다. 어쩐지 몹시 불안하고 서글픈 기분이 들었다.

내게 힘이 되어줄 것이라고 에다가 보증하는 그 인물은 역시 어쩐지 매우 서글픈 듯한 분위기로 그곳에 서 있었다.

그러나 좀 더 주의 깊게 보다 보니, 그의 몸을 감싸고 있는 것이 서글프게 느껴질 뿐, 속 내용은 그와는 무관할 듯하다는 것을 차츰 알 수 있었다. 그는 흡사 여자와 소개팅을 하러 나온 뺀들뺀들한 남자처럼 보였다. 태평하고, 냉담하고, 내가 자기를 어떻게 생각하건 전혀 개의치 않는다는 태도였다. 머리는 부스스하고 셔츠 옷깃은 슬쩍 때가 탔다. 나이는 서른다섯 살 같기도 하고 마흔다섯 살 같기도 하고 그 둘 다 아닌 것처럼 보이기도 했다. 내가 내 입장도 잊고 잠시 웃음을 참느라 고생한 것은 그의 상의 가슴 주머니에서 분홍색 여자 실크 손수건이 고개를 내밀고 있었기 때문이다.

　내가 쳐다보고 있으려니, 그는 그 손수건을 빼 얼굴을 닦고는 그것을 물끄러미 바라보았다.

　"이거 내 거 아니잖아."

　그러더니 에다의 손에 대충 올려놓았다.

　에다는 손수건에 코를 갖다 대고 냄새를 맡더니 "냄새나."라고 했다.

　"이거, 선생님 줄게. 내가 이런 걸 썼다간 다들 '터부'는 어쩌고 소주를 뿌렸느냐고 할 거야."

　"어제저녁에 당신을 만났을 때 그걸로 대를 닦아서 그래. 그리고 나서 깜박 잊고 못 돌려줬군."

　변호사는 손수건을 주머니에 넣었다.

"소주는 원래 내가 마셔야 할 술이 아니란 말이지. 그래도 난 마시거든."

"선생님의 문드러진 위장이 술이라고 인정할 건 이 지구 상에 이제 가솔린 원액밖에 안 남았을 거야. 선생님 옆에서 담뱃불을 붙이려면 가슴이 벌렁거려 죽겠는걸. 어머, 우리 무슨 이야기를 하러 여기 왔더라? 아, 맞다. 선생님이 이 사건을 해결하는 걸 도와주면 한턱 크게 쓰겠다는 약속으로 여기까지 끌고 온 거지."

에다는 또다시 나를 돌아보았다.

"얘, 미미. 예전에 너한테도 이야기한 적 있지 않아? '레노' 뒤의 포장마차에서 비가 오나 눈이 오나 주정 부리는 변호사 양반이 있다고……. 네가 시집가고 나서 우리가 급속하게 의기투합했거든. 실은 얼마 전까지만 해도 가난뱅이 작가나 이름 없는 시인 지망생인 줄로만 알았지 뭐야. 술만 들어가면 뭐라나 하는 프랑스 가요를 큰 소리로 불러 대는걸."

"그건 가요가 아니지." 변호사가 말했다. "심벌리즘이라고. 자연을 정관하는 알레고리야. 당신은 보들레르를 모르는군."

변호사의 얼굴에 불현듯 겸연쩍은 빛이 떠올랐다. 그는 입을 다물고는 방금 얼핏 보였던 중학생 같은 표정을 어디론가 쫓아버렸다.

"그게 무슨 삼바 리듬이야." 에다가 말했다. "삼바는 그게 그래 봬도 꽤 까다롭단 말이야. 저기, 미미. 이 양반이 아무래도 유능한 변호사처럼 보이진 않잖아? 그런데 주위 사람들한테 듣자 하니까 의외로 제법이라는 거야. 문제는 이 양반이 그러고 나서 받아야 할 돈까지는 생각이 못 미쳤던 모양이야."

"그만둬." 변호사가 또다시 항의했다. "나도 허구한 날 돈 생각밖에 안 한다고. 그런데 어쩐 영문인지 내가 변호를 맡을 마음이 드는 상대는 꼭 빈털터리지 뭔가."

"에다, 그것 말인데, 나······."

그러자 에다는 고개를 세차게 가로저었다.

"괜찮아. 걱정 안 해도 돼. 그런 건 문제가 해결된 다음에 생각하면 되니까. 그보다 아무튼 이 양반이 전문가란 걸 안 이상, 지푸라기라도 잡는 심정으로······."

나는 변호사를 바라보았다.

에다가 이 뜨내기 같은 남자의 이야기를 전에 내게 한 적이 있다는 게 사실인가? 나는 기억이 없었다. 그런 것은 야시마 가로 시집간 나와는 관계없는 일일 터였다. 그 집에 들어간 뒤로 내가 이런 식으로 변호사를 찾게 될 줄은 꿈에도 몰랐다……. 게다가 에다 말처럼 이 남자는 변호사라는 직업과는 거리가 아주 먼 인물로만 보였다. 내 지극히 빈약하고 평범한 지식으로는 변호사란, 특히 유능한 변호사란 점잖고 차분한 복장에 온화하면서도 어딘지 모르게 빈틈없음이 느껴지는 태도, 옆구리에 낀 서류 케이스, 반들반들 광택이 나는 옥스퍼드 구두, 남의 일을 캐묻기를 좋아하는 경향이 바닥에 살짝 깔린 경쾌하면서도 무난한 대화 기술 등으로 이루어진 신사적인 인물의 이미지였다. 바로 시아버지가 좋아하던 그 유기 변호사처럼.

"사건 경위는 일단 머리에 들어 있습니다만."

에다의 동반자가 처음으로 직업에 걸맞은 말을 꺼냈다. 나는 유기 씨 생각을 마음에서 내몰고 눈앞에 있는 인물에게 집중하려 노력했다. 유기 씨가 얼마만큼 '유능한' 변호사이건 간에 이제 나는 볼일이 더

없으니까.

"어쩌다가 이렇게 엉망진창이 된 겁니까? 1심 때 변호사는 대체 뭘 한 거죠? 듣자 하니 그 사람은 남편 분 집안의 고문 변호사라던데요."

"그러니까 내가 말했잖아." 에다가 나 대신 설명했다. "그 녀석도 한패라니까. 그 녀석은 얘가 하는 말을 변호에 활용하기는커녕 그 정반대 짓을 해서 범인한테 협조한 거야. 남편 집안의 고문 변호사가 정말 웃기는 일이지, 안 그래? 이래서야 살아날 사람도 못 살아난다고. 딱 기르던 개한테 손을 물린 격이라니까, 선생님."

에다는 목걸이 구슬을 소리 내어 부딪치며 몸을 뒤로 젖히고 웃으려 했으나, 그녀 옆에 있는 남자는 웃지 않았다.

부스스한 머리와 때 탄 옷깃 사이에 있는 얼굴이 생각에 잠긴 듯 살짝 기울었다. 그의 눈이 잠자코 나를 내려다보고 있었다.

문득 에다가 한 말이 사실일지도 모른다는 생각이 들었다.

'좌우지간 너희 남편네 그 엉터리 변호사보단 분명

히 힘이 돼줄 거야. 한번 속는 셈 치고…….'
 그럴까? 정말 그럴까?
 "변호사까지 범인한테 매수됐다면." 에다가 데려온 남자는 나지막이 중얼거렸다. "이거야 원, 다른 작전을 생각해야겠군."
 "그게 무슨 뜻이야?"
 "보통 수단으론 진범이 둘러놓은 금성철벽을 허물 수 없단 말이네. 이쪽에서 움직이기 전에 범인이 먼저 손을 써서 쓸 만한 증거도 없애버릴 테니까. 어딘가 범인의 생각이 못 미치는 곳, 범인의 손이 안 닿는 곳을 노려 예상 밖의 반증이라도 내놓지 않는 한 이거 자칫하면 2심도 위험하겠어."
 "그러니까 이렇게 선생님한테 부탁하는 거 아니야. 좀 똑바로 해, 선생님."
 "뭐, 진정하라고. 조만간 좋은 생각이 떠오를 테니까."
 "진정? 지금 진정하란 말이 나와? 선생님, 애 처지가 돼서 한번 생각해보란 말이야. 그렇게 반하고 또 반했던 남편이……."
 "알아."

"저기, 에다."

나는 간신히 에다와 그 상대의 대화를 가로막을 수 있었다.

"나, 이 선생님께 전부 맡겨보기로 할래. 그래서 불편하니까 물어보는데, 성함이 뭐야?"

에다는 나를 빤히 쳐다보며 10초간 침묵하더니 시선을 옆으로 돌렸다.

"선생님, 이름 뭐야?"

차림새도 외모도 별 볼 일 없는 데다 나이는 영 확연치 않은 에다의 동반자는 대답했다.

"세이케 요타로, '세이'는 청주의 '淸' 자입니다."

제3장
타인

 시집와서 한 달 남짓 된 야시마 가의 새 며느리는 대단히 불편한 나날을 보내야 했다.

 스기히코가 회사로 출근하고 나면 집안은 그녀에게 황량한 폐가 내지 감옥이나 다름없었다. 전쟁 전에 지어진 건물 자체가, 웅장하지만 세월의 손가락이 은밀히 어루만진 흔적을 감추려야 감출 수 없는 음울한 가옥이었다. 집 안팎 곳곳에 호사와 퇴폐, 기품과 고색, 교만과 고립의 그림자가 이웃해 있었다. 그녀는 전에 혼자 살았던 비좁은 셋방, 에다나 다른 손님이 올 때마다 어질러져 참새 둥지처럼 되곤 하던, 포근하고 편안했던 그 방을 얼마나 그리워

했는지 모른다.

 날이 갈수록 자기까지 이 저택의 무기력함, 고색창연함 속에 깊이 빠져들 것 같은 초조감을 느낀 그녀는 날씨만 좋으면 테라스의 샌들을 신고 정처 없이 정원을 돌아다녔다. 이 저택에서 그녀가 자유로이 행동할 수 있는 곳은 오로지 그곳뿐이었다.

 그녀는 부서져 가는 테라스 포석의 갈라진 틈새로 고개를 내민 잡초나 앞마당 차도에 그늘을 드리우는 밤나무의 산들거림이 좋았다. 그 나무 밑을 지나 대문 쪽으로 펼쳐지는 잔디밭이 좋았다. 이렇게 아름다운 잔디를 그녀는 처음 보았다. 잠시만 손질을 게을리하면 잔디가 초여름의 태양과 살수기 밑에서 부쩍부쩍 자라, 바람이 불 때마다 콜리 개의 부드러운 털처럼 납작하게 누웠다. 잔디 사이에 숨어드는 클로버도 마찬가지였다.

 그녀는 별채 쪽으로 눈길을 주었다. 그녀는 정원을 지나 별채 현관으로 이어지는 외길 중간에 서 있었다. 이 이상은 별채로 가까이 가지 않겠다고 그녀가 정한 지점이었다. 여기까지 오면 우향우 해서 뒷마당으로 향한다. 그리고 뒷마당을 천천히 거닐다가

집 남쪽의 테라스로 돌아간다. 그러면 산책 코스로 딱 적당했다.

그녀는 별채에서 있었던 '첫 회견 석상'에서 자신이 저지른 터무니없는 실수를 생각해보았다. 남편의 아버지가 자기를 품평하려는 가장 중대한 순간에 그녀는, 쇼걸이 무대에 나가는 장면에서 반주를 틀린 피아노 연주자에게 하는 것 같은 행동을 하고 말았다. 중요한 때, 조심해서 행동해야 하는 때면 그녀는 꼭 실수를 하곤 했다. 언제나 그 때문에 실패하며 살았다. 그 실수를 만회하기는 쉽지 않으리라. 그때 인상을 백지로 돌리고 시아버지가 자기를 며느리로 그리 나쁘지 않다고 바꿔 생각하게 하기는 여간 힘든 일이 아닐 것이다…….

한숨을 쉬고 길을 돌아가려던 그녀는 문득 걸음을 멈추었다. 별채 쪽에서 소리가 들린 듯했기 때문이다.

착각이 아니었다. 발소리가 오솔길을 따라 다가왔다. 한 치의 흐트러짐도 없이 단정하게 빗어 넘긴 백발이 정원수 뒤에서 나타났다. 가정부 중에 가장 나이가 많은 시세였다. 오랜 세월 이 노녀는 사실상 이 집의 주부로서 군림하며 나머지 두 가정부와 운전사를 부려먹었다.

"별채에 무슨 볼일 있으십니까?" 여주인을 본 시세가 정중히 물었다. "볼일이 있으시면 언제든 말씀해주십시오. 제가 안내해 드리지요."

"어머, 아뇨. 저…… 괜찮아요. 딱히 볼일은 없네요. 게다가 뭣보다도……."

시세는 일전에 별채에서 있었던 일을 알까? 따분한 요양 생활 틈틈이 노인은 온갖 잡담을 듣고 싶어 하고 또 하고 싶어 할 게 틀림없다. 저번에 있었던 일은 분명 주종 간에 아주 좋은 화제가 됐을 것이다…….

"뭣보다도?"

시세는 고개를 살짝 갸웃했다. 단순한 호기심에서 나온 질문이 아니었다. 늙은 가정부의 태도에는 이 저택에 관해 모호한 점은 단 하나도 용납하지 않겠노라고 하는 듯한 면이 있었다.

그녀가 대답하지 않자, 시세의 표정에 또 한 가지가 더해졌다.

"별채에 가고 싶으시면 언제든 가실 수 있을 것 아

닙니까? 어째서 마님은 별채에 들어가시지 않는지요? 어째서 늘 이 언저리까지만 오시다 마는 겝니까?"

시세의 손안에서 번득 빛나는 것이 있었다. 여주인이 그것을 본 것을 알고 노녀는 그것을 천천히 만지작거려 보였다.

"이건 별채 현관 열쇠입니다. 저택 안이라곤 해도 큰나리 혼자 별채에 계시는 셈이니 평소에도 문단속에 충분히 주의합니다. 웬 악당이 담장을 넘어 들어와 큰나리를 노리지 말란 법은 없으니 말이지요."

"그렇지만…… 아버님처럼 훌륭한 분을 노리는 사람이 누가 있겠어요?"

그녀는 비로소 이야기를 이을 거리를 찾아냈다. 자기 목소리가 몹시 어색한 것이 느껴졌다.

"맞는 말씀입니다." 시세는 그녀를 올려다보았다. "큰나리께 몹쓸 마음을 먹는 인간이 있으면 제가 용서하지 않을 겁니다. 설령 가족이라도."

설령 가족이라도……. 이 가정부는 무슨 소리를 하는 걸까. 스기히코가 거의 하루도 빠지지 않고 아버지와 말다툼을 하거나 아버지를 욕하는 것을 가리키는 건가. 아니면…….

그녀는 시세를 똑바로 보지 않았다. 은근슬쩍 시선을 피해 오솔길에 가지를 뻗은 수국을 만지작거렸다.

"마님께서는 별채로 가시던 중이 아닙니까?"

이 늙은 가정부는 어째서 똑같은 말을 몇 번씩 묻는 걸까? 이 여자는 그녀가 혼자 별채에 갈 리 없다는 것을 모르나? 아니면 알면서 일부러 묻는 건가?

"아니에요. 난 별채엔 가지 않아요."

"그러십니까. 별채에 들어가시려면 열쇠가 필요합니다. 부르셨는데 제가 없을 때는 열쇠를 가져가십시오. 별채 열쇠를 두는 곳은 마님도 아시겠지요?"

"……."

스기히코가 그런 것을 가르쳐주었던가?

아니다, 남편은 별채 열쇠의 보관 장소는 고사하고 청소 도구함 위치도 가르쳐주지 않았다. 스기히코는 신혼의 아내에게 그런 것을 소상히 설명해주는 타입이 아니었다.

"별채 열쇠를 두는 곳은 집안사람만이 아는 사항입니다." 시세는 스스로 말을 이었다. "그 말씀은

즉, 뒤집어 말하자면 그것을 모르는 분은 이 댁 사람이라 할 수 없다는 뜻입니다. 별채에 자유로이 드나들 수 있다는 것은 이 댁을 아는 분들께는 매우 중대한 일입니다……. 마님이 그런 것을 아시는지는 알 수 없습니다만."

"그럴 테지요. 정말…… 그럴 테지요."

"어디 외출하십니까, 마님?"

"아뇨, 그렇지는……."

"그냥 산책하시는 중입니까?"

"그래요. 곧 돌아갈 거예요."

"조심히 다녀오십시오, 마님."

늙은 가정부의 시선이 자기 등에 들러붙는 것이 느껴졌다. 자, 얼른 서둘러라. 아무렇지도 않은 얼굴로 서슴없이 걷는 것이다. 오솔길에서 벗어나 뒷마당의 시원한 관목 숲으로 들어가자. 그곳은 저택 안 어디보다도 고요하고, 자연에 가깝다. 자라는 대로 내맡긴 가시나무와 쐐기풀이 흡사 《감정 교육》에 나오는 폐원을 생각나게 한다. 메귀리가 시들어 바람에 쏴쏴 울기만 했으면 더할 나위가 없었겠는데.

시세의 말에 별다른 의미는 없다고 생각하려 했다.

늙은 가정부다운 거창한 말투 탓이라고.

'하지만…… 시세는 내가 별채 열쇠의 보관 장소를 남편에게 듣지 못했다는 것을 간파하고 있었다. 내가 혼자 별채에 갈 수 없다는 것을 그 여자는 잘 알고 있었던 것이다.'

그런 노파가 자기들 부부의 유대를 어떻게 알겠나. 세상 사람들이 어떻게 알겠나, 자기가 왜 남편을 사랑하게 되었는지.

3월, 아니, 이미 4월에 들어선 뒤였다. 4월치고는 너무 추웠던 비 오는 밤. '레노'의 분장실, 군데군데 흉하게 벗겨진 그녀의 거울 앞에 놓여 있던 장미 한 다발과 명함 한 장에서 운명은 시작되었다. 명함에 휘갈겨 쓴 메시지를 읽으며 그녀가 미적거리고 있으려니, 에다가 등을 탁 치고 큰 소리로 말했다.

"뭐 어때? 어떤 행운이 기다리는지 모르는 일 아니야? 벌거벗고 춤춘다고 꿈까지 벗어버릴 필요는 없어. 한번 가 봐, 이상한 짓 하면 따귀를 갈겨주고 오면 되잖아."

결혼한 지 한 달 된 여자가 가장 열심히 하는 일은 지난 한두 달간 있었던 일을 거듭 회상한다는 즐거

우면서도 비생산적인 일이다. 산책을 하는 동안, 그녀는 내내 따분한 줄 몰랐다. 늙은 가정부의 간섭 따위는 공상의 광야에 사마귀 한 마리가 뛰쳐나온 정도였다. 스기히코와 어떻게 해서 만났는가, 어떻게 첫 대화를 나눴고, 첫 입맞춤을 주고받았는가, 정확하고 극명하게 기억하고 즐기기 위해서는 산책 시간이 길면 길수록 좋았다. 길은 조용하면 조용할수록, 그녀가 혼자이면 혼자일수록 좋았다.

*

"미미 로이!"

그 목소리가 느닷없이 그녀를 불렀다.

너무나도 갑작스러운 일이라, 생각에 잠겨 분장실에서 나오던 그녀는 펄쩍 뛰어올랐다. 하마터면 핸드백을 진창에 떨어뜨릴 뻔했다. 다른 한 손에 막연히 들고 있던 장미를 정말 한 송이 떨어뜨리고 말았다.

그녀는 꽃을 주워 남자를 바라보았다.

"저런, 미안." 그가 말했다. "하지만 정체를 알았

으니까 그런 얼굴로 날 보지 말아줘. 아니면 내 얼굴에 뭐 묻었어?"

"당신이…… 꽃을 준 분인가요?" 그녀는 머뭇거리는 목소리로 물었다. "하지만 명함엔 '샤토' 안쪽 부스에서……."

"그래, 거기서 기다린다고 쓰긴 했는데, 기다리다 못해 어슬렁어슬렁 나온 거야. 어이쿠, 또 제법 쏟아지는걸. 어서 차에 타. 그나저나 당신은 뭘 좋아하지?"

그들은 그 뒤로 차분하고 편안한 분위기의 품위 있는 바에 갔다가, 이어서 차분하고 편안한 분위기의, 그리 품위가 없는 바에 갔다. 그는 그녀를 칭송하며 그녀가 '레노' 같은 곳에서 춤추기는 아깝다고 했다. 그녀는 어머, 공치사도 잘하시지, 라고 하자 그는 공치사가 아니라고 우겼다. 두 사람 더 점차 그런 일은 아무래도 상관없어졌다. 그들은 고급 주택가에 있는 클럽에서 조용한 캄보의 연주를 들으며 브랜디를 마셨다. 그가 춤추자고 하지 않는 것을 그녀는 고맙게 여기는 한편으로 서운하게도 생각했다. 그녀의 발은 테이블 밑에서 하루 일을 마치고 난 뒤의 피로도 잊고 조그맣게 춤추고 있었다…….

 그는 또 그녀에게 왜 이런 직업을 가졌느냐고 물었다. '이런 직업'이라고 하는 그의 어조에 별다른 뜻이 없었던 것이 그녀는 오히려 뜻밖이었다.

 "춤추는 걸 좋아했으니까."

 부모가 잇따라 세상을 떠난 뒤 팔 수 있는 게 급기야 자기 몸밖에 남지 않았다는 것, 처음으로 남 앞에서 치마를 벗었을 때는 정신이 까마득해지는 줄 알았다는 것 등은 말하지 않기로 했다.

 뭐니 뭐니 해도 오늘 밤 처음 만난 상대다. 이 브랜디 잔이 비면 헤어질, 어쩌다 만난 변덕스러운 남자다. '레노'의 테이블에서 무대를 뚫어지게 쳐다보는 늘 똑같은 인간 중 한 명일뿐이다.

 "원래는 다카라즈카나 쇼치쿠 가극에 들어가고 싶었어. 아니면 뮤지컬. 본고장에서 말이야. 그게 내 꿈이거든. 본고장의 약간 고풍스럽고 보드빌 느낌이 나는 무대. 실크해트를 쓰고 검은 타이츠에, 지팡이를 들고 〈베이비, 걸어서 돌아가자〉를 부르는 그런 거."

 "주디 갈런드처럼?"

"응, 진저 로저스처럼."

"그런 할망구보다 미미 로이가 훨씬 멋져." 그는 욕설을 내뱉었다.

그들은 새벽 3시 반에 그녀의 셋방 거의 다 와서 헤어졌다. 그때 그의 입가에는 산호색 얼룩이 묻고, 그녀의 머리는 다소 헝클어졌을 뿐 아니라 앞섶에 달았던 장미는 차마 눈 뜨고 볼 수 없는 몰골이었다.

그녀는 뭉개진 꽃을 침대 옆 물컵에 꽂고는 옷을 벗고 발을 쭉 뻗은 자세로 그와 함께 보낸 즐겁고 무의미한 시간을 생각했다.

'자기 차를 끌고 다니고 복장도 단정하고, 비싼 데만 알던데……. 에다에게 말하면 뭐라고 할까? 봉 잡았다고 하겠지?'

"잘해 봐. 어쩌면 꽃다발 같은 거 말고 드레스 한 벌쯤은 사줄지도 모르잖아. 나 같으면 드레스보다……."

'에다라면 뭘 갖고 싶어 할까? 그 사람은 어째서 에다를 불러내지 않았을까? 에다가 나보다 훨씬 춤도 잘 추고 매력적인데.'

결국 그는 여기저기서 무희나 여급에게 장난쳐서

꿈을 꾸게 한 다음 물맴이처럼 또 어디론가 사라져 버리는, 그 명랑하고 용렬한 족속 중 한 명이라고 이해한 그녀는 비로소 잠이 들었다. 그런 인종은 그녀가 사는 세계에는 으레 따르게 마련이려니와, 그들의 명랑함과 용렬함이 그 세계의 번영에 제법 도움이 되다 보니 그들을 비난하는 사람은 아무도 없었다. 그가 내일 밤 '레노'에 또 오겠다고 한 말을 그녀는 바빌론 사람이 지동설을 믿는 만큼도 믿지 않았다.

"미미 로이!"
그 목소리가 그녀를 불렀다.
분장실에서 나오던 그녀는 멈춰 서서 눈앞의 남자를 보았다.
그는 전날 밤과는 다른 옷을 입고, 넥타이와 넥타이핀 모두 다른 것으로 바꾸고, 티 없는 태도로 웃고 있었다.
"또 그렇게 요괴라도 보는 듯한 얼굴로 날 보는군. 어젯밤에 약속한 거 잊었어?"
"어머, 잊은 게 아니라……."

"그럼 얼른 타라고. 오늘은 더 재미있는 데로 가자."

그가 바꾸고 온 게 옷과 넥타이만이 아니라는 것을 알고 그녀는 어안이 벙벙했다.

"차? 아, 이건 아버지 거. 어제 당신하고 헤어진 뒤로 왜 그냥 보낸 건가 생각하니까 화가 나잖아. 그래서 요코하마까지 차를 달려서 더 마셨는데, 돌아오는 길에 펜더 옆을 슬쩍 긁었지 뭐야. 그래서 아버지 차가 있길래 빌려 왔지……. 미미 로이. 당신, 오늘 밤도 내가 이 녀석을 혼자 달리게 할 건가?"

"어머, 난…… 그렇지만 아직 그렇게는……."

"미미 로이, 당신 정말 근사해. 당신 같은 여자가 '레노'에 있었다는 게 도무지 믿기지 않을 정도야."

"어머, 난 그런 게 전혀……."

"당신은 무슨 말이건 '어머'로 시작하나?"

"어머."

"제발 부탁이니까 다른 말 좀 해줘. 그리고 당신은 날 어떻게 생각하지?"

"어떻게……."

"나도 안다고. 날 취향이 별나고 장난으로 여자나

집적거리는 아니꼬운 늑대 녀석이라고 생각하겠지? 괜찮아, 그렇게 허둥지둥 표정 바꾸지 않아도 돼. 얼마 전까지만 해도 난 정말 그런 인간이었으니까. 당신이 날 어떻게 생각했든 간에 전혀 상관없다고. 문제는 당신이 앞으로 날 어떻게 생각할 건가, 그거야. 난 당신 상대로선 평판이 너무 나쁠지도 몰라. 날 아는 놈을 아무나 붙들고 물어보라고. 다들 입을 모아 대답할 테니까. 야시마네 아들? 아아, 그 녀석은 같이 놀기엔 딱 좋지, 그렇지만…… 하고. 하지만 난 그런 건 전혀 상관 안 해. 내가 상관하는 건 당신 대답뿐이야."

"대답이라니?"

"당신은 머리는 별로 안 좋은가 보군."

"무슨 그런 실례되는 말을…… 아, 위험해! 저 사람을 칠 뻔했잖아!"

"어딜 꾸물꾸물 걸어 다니고 있어, 이 바보 같은 자식! 여자한테 청혼하랴, 보행자를 조심하랴, 나더러 어떻게 두 가지를 한꺼번에 하란 말이야?"

"지금…… 나한테 청혼하는 거야?"

"내가 지금까지 뭣 때문에 떠들어 댔다고 생각하

지, 형광등 아가씨?"

"……."

"그렇지만 난 그런 당신이 좋아. 당신이 그렇게 깃털 장식이나 스팽글을 흔들면서 알몸으로 춤추다가도, 무대에서 내려오면 멍한 보통 여자가 되는 점이 말이지. 추파를 던지고 엉덩이를 흔들어서 사내 마음을 뒤흔들어 놓는 법을 알면서 밖에 나오면 꼭 뭔가를 겁내는 것처럼 보이는 점이 말이야. 당신은 꼭 비밀을 감추고 있는 낯가리는 어린 계집애처럼 보여. 당신은 사실은 외로움을 많이 타는데 남들이 끼워주질 않아서 늘 외톨이겠지? 이 내가 실제로는 그렇듯 말이야. 미미 로이, 난 당신을 정말 좋아하게 된 거야……."

"미미 로이, 여기야!"

"아아, 많이 기다렸어? 급하게 화장 지우고 왔는데. 혹시 얼굴에 콜드크림 안 남았어? 다 닦아냈는지 걱정이네. 그리고 당신 또 깜박했지. 이제 그 이름으로 부르지 않기로 약속했잖아."

"그랬던가? 하지만 난 그 이름이 좋은데."

변호 측 증인

"난 싫단 말이야."

"알았어. 부부싸움 예행연습은 그만두지. 그보다 난 배고픈데. 오전 0시의 스트리퍼처럼 배고파."

"그래, 얼른 가자. 그 전에 키스 한 번만."

"우…… 이거 저번에 산 향수인가?"

"그 전의 전. 그렇게 많이 사주면 다 쓰지도 못해. 에다한테도 좀 나눠줬는데, 당신 화 안 내지?"

"에다 쓰키조노는 멋진 댄서이긴 하지만 당신만큼은 아니지. 그 여자 댄스는 남자를 매료시키기보다 겁을 준다니까. 우리가 결혼한다는 말은 했나?"

"응."

"놀라지?"

"응."

"기뻐해주지?"

"……."

"아니야?"

"그런 이야긴 됐어. 얼른 기어를 넣어. 나도 배고파 죽겠어."

작년에 떨어진 낙엽이 축축한 냄새를 풍기는 언저

리를 샌들 발부리로 쿡쿡 찌르며 그녀는 막연히 쿡 웃었다.

그런 식으로 두 인간이 만나서 서로 사랑하고 결혼하게 되다니 참 이상한 일이다. 뭐가 어떻게 되는 건지, 자기가 원래는 어떻게 했어야 했는지, 그녀는 아무것도 알지 못했다. 그녀가 아는 것은 자기가 그의 청혼을 끝까지 거절하지는 못했으리라는 것뿐이었다. 신분 차? 그는 코웃음을 쳤다. 대체 지금이 몇 세기라고 생각하지?

그녀는 또다시 소리 없이 웃었다.

부부가 되기 전에 그가 보이던 몸짓, 어딘지 모르게 어색함이 남아 있던 말투 등이 생각났다. 친해지면서 그는 점차 방자해지더니 순식간에 본래의 폭군다운 면모를 발휘하기 시작했으나, 이렇게 되고 나니 그것은 사자가 조련사에게 어리광 부리는 것이나 다름없었다. 아니, 아니면 조련사는 그였고 겁에 질려 사람을 꺼리는 야생 고양이가 그녀였을까.

관목 그늘의 풀숲에 열기가 후끈하고, 풀고사리와 쐐기풀 덤불 속에 익살스럽게 생긴 조그만 버섯이 몇 개 고개를 쳐들고 있었다. 약모밀은 자주색 손가락을 그 일대에 한가득 뻗었다. 그 변두리에 물이 마른 오래된 우물이 있는 것을 그녀는 알고 있었다.

우물 그 자체는 이미 몇 년 전에 쓸 수 없게 되었으나, 그 부근은 늘 이끼로 뒤덮여 있을뿐더러 주위를 둘러싸는 나무들도 가지가 울창해 싸늘한 공기가 감돌았다.

그녀는 거기까지 걸어가 우물 가장자리에 걸터앉아 우물 속을 내려다보았다. 이 집에 온 뒤로 벌써 몇 번째인지 모른다. 우물 속은 어둡고, 백골이 가라앉아 있어도 전혀 모를 것처럼 깊었다.

스기히코는 어렸을 때 이 근처에서는 놀지 말라는 말을 들었을 게 틀림없다. 그런 말을 들으면 들을수록 개구쟁이 외동아들은 재미있어 하며 우물 속을 들여다보았을지도 모른다. 그때마다 그를 보살피는 가정부가 쇳소리를 지르며 뒤를 쫓아다녔을 것이다……. 그러고 보니 가정부들이 스기히코를 대하는 태도에는 어쩐지 20년 전을 상상케 하는 면이 있다.

'우물 쪽으로 가시면 안 돼요, 도련님. 우물을 위험합니다.'라고 할 듯한.

다만 20년 전과는 달리, 가정부들은 이제 그렇게

소리치는 대신 그녀에게 흘깃 눈길을 주었다가 다시 할 말이 있는 듯한 눈빛으로 스기히코를 본 뒤 잠자코 가버릴 뿐이다.

보일 듯 말 듯 몸서리를 친 그녀는 주위를 둘러보고 우물가에 한층 가까이 가지를 뻗은 마르멜루의 가지 끝을 바라보았다.

보지 않으려도 그녀의 시선은 꼭 그쪽으로 가곤 했다.

마르멜루 줄기에서 인간의 어깨쯤 되는 높이에 오래 전에 칼로 새긴 듯한 서툰 도안을 그녀가 발견한 것은 이 뒷마당을 산책하기 시작한 지 얼마 안 됐을 때였다.

하트 속에 S와 M. S와 M은 서로 휘감겨 있었다.

누가 언제 무슨 이유로 새겼는지는 알 수 없었다. 남편에게 물어보자는 생각도 별반 들지 않았다.

이런 것에 별다른 의미는 없으리라. 그녀의 눈에 띄면 안 되는 것이었으면 이미 오래전에 누가 깎아 냈을 것이다. 여기에 이렇게 그냥 남아 있다는 것은, 지우자는 생각조차 들지 않을 만큼 의미가 없다는 뜻일 것이다.

S와 M. 하트 속의 S와 M…….

S는 스기히코의 머리글자일까. M이란 머리글자를 지닌 누군가가 일찍이 하트 속에 그것을 새길 자격이 있었던 것이다, S와 함께. 포옹하는 연인들처럼 그 가느다란 팔을 꽉 휘감고.

그녀는 마르멜루 가지 밑에 서서 칼로 줄기를 찍어대는 스기히코를 상상해보았다. 그 옆에 선 한 여자를 상상해보았다. 그녀가 모르는 여자였다. 상상 속 여자의 모습에 그녀는 행복한 미소와 더없이 친밀한 태도를 더했다. 여자의 어깨는 스기히코의 어깨와 맞닿아 있었다. 스기히코가 하나를 새길 때마다 그녀는 소리 내어 웃고, 다 끝나자 재빨리 가볍게 그에게 입을 맞추었다. 나뭇잎 사이로 흘러드는 햇살이 그들의 몸 곳곳에 빛의 파문을 쏟고 있었다…….

"부인."

그녀는 서둘러 공상을 중단했다. 아주 약간 숨을 몰아쉬고 있었다. 그녀는 우물 가장자리에 걸터앉은 채 돌아보았다.

그녀가 온 곳과는 반대 방향에서 남자가 오솔길을 따라 이쪽으로 다가오고 있었다. 키가 크고, 얼굴은 매처럼 생겼고, 손만이 기이하게 크고 희다. 진짜 영국제임이 명백한 트위드 콤비 재킷은 이 계절과 이 햇볕에는 다소 더워 보였지만, 그는 아무렇지도 않은 듯했다. 그녀가 자기를 알아차린 것을 안 남자는 탐색하는 듯한 모호한 표정을 짓고 두 손을 바지 주머니에 넣은 채 멈춰 섰다.

"다케가와 선생님." 그녀는 말했다. "왜 그런 데서 나오시지요?"

오래전부터 주치의로서 이 저택에 드나드는 그는 영락한 수재 같은 인상의 독신 중년 남자였다. 소독약 때문에 흰 뼈처럼 된 기름한 열 손가락과 냉혹해 보이는 얇은 입술. 그 입술이 환자의 눈에는 신뢰할 수 있는 냉담함의 상징으로 보일까. 그녀는 그런 생각을 해본 적이 있었다.

다케가와 요시미 의사는 좋은 가정에서 잘 자랐음을 알 수 있는 자연스러운 경의와 직업상 어쩔 수 없는 노골적인 관찰안을 동시에 동원해 스기히코 부인을 바라보았다.

그녀는 어쩐지 몸 둘 바를 알 수 없는 기분이 들었다. 시세를 대할 때의 불안정한 느낌과는 얼마간 다른 기이한 느낌……. 어떤 관계가 됐건 남자와 여자가 마주 대할 때 드는, 시험관과 학생 같은 그 느낌.

"부인이야말로 이 뒷마당에 자주 오시는군요. 여기가 마음에 드십니까?" 의사가 말했다.

"아뇨. 전 이런 오래된 우물은 싫어요. 그저 산책하다가 피곤해서 쉬고 있을 뿐이에요."

"그렇군요."

다케가와 의사는 그녀를 내려다보았다.

그녀는 의사의 태도가 어쩐지 불쾌하게 느껴졌으나 잠자코 있었다. 의사란 이따금 매우 불가해한 태도를 보이게 마련이다…….

"피곤할 정도로 산책을 하시는 건 좋은 일이라 할 수 없군요." 다케가와 의사가 말했다. "어째서 부인이 그렇게까지 피로를 느끼시는지 전 도무지 모르겠습니다만, 집 주위를 걷기만 했는데 숨이 차거나 안색이 나빠질 것 같으면……."

"저런, 그런 건……."

'내가 그렇게 숨을 몰아쉬었나? 그렇게 얼굴이 창백한가?'

"전 이보다 훨씬 더 격한 노동을 해서 생활했던 여

자예요. 여기 온 뒤로 몸 움직일 일이 없으니 단숨에 지방 덩어리 고혈압 할머니가 된 기분인걸요."

의사는 소리 내어 웃더니 담배를 꺼내 불을 붙였다. 그는 타다 남은 성냥을 우물에 던져 넣었다.

"저도 거기 앉아도 되겠습니까? 이런, 감사합니다. 여긴 시원하군요. 5월도 이쯤 되니까 그늘이 그리워지는데요. 부인도 담배 하시겠습니까?"

그녀는 잠깐 생각한 뒤 필요 없다고 했다. 처음으로 담배를 피우고 싶지 않다고 생각한 것임을 그녀는 문득 깨달았다.

다케가와 의사는 담뱃갑을 재킷 주머니에 넣었다.

"이 댁엔 이제 익숙해지셨습니까?"

그가 물었다.

그녀는 대답하려다가 말문이 막혔다. 대답을 할 때는 조심해서 해야 한다. 에다나 '레노'의 피아노 연주자와 이야기하는 게 아니다…….

"네."

그녀는 모호하게 미소를 지었다. 의사가 어서 시선을 다른 데로 돌려주면 좋겠다는 생각이 들었다. 야시마 가의 주부보다는 스포트라이트 속에 춤추는 반라의 여자를 보는 시선처럼 느껴졌다.

'아니면 이 사람은 상대를 늘 이런 식으로 보나? 저 시선은 자기 앞에서 아무렇지도 않게 옷을 벗는 환자들을 보는, 아무 의미도 없는 눈초리인가?'

"이 댁은 익숙해지기가 여간 힘든 게 아닌 댁이니까 말이죠. 특히 저 영감님이."

그녀는 또다시 미소를 지었다. 이번에는 모호한 미소가 아니었다.

"선생님은 아버님을 진찰하러 매일 오시나요?"

"네, 매일 오죠."

"요새 아버님은 어떠신지요? 류머티즘은 좀 좋아지셨나요?"

"별로 이렇다 할 건 없군요. 류머티즘은 집요하고 성가신 병이거든요. 그보다 부인이야말로 어디 편찮으신 건 아닙니까? 제가 한번 진찰해 봐 드릴까요?"

"아니에요, 제가 무슨……. 저, 아버님 말씀입니다만, 그냥 뵙기엔 아주 정정해 보이시는데요. 목소리도 크시고."

"정정하시다마다요. 사장님은 매우 정정하십니다. 류머티즘은 악화돼서 심장에 해를 끼치는 경우가 있기는 해도, 그게 아닌 한 생명에 지장을 주는 일은 없으니 말이죠. 사장님의 몸은 그것만 제외하면 40대라 해도 될 정도입니다. 류머티즘만 아니었으면 매일 회사에 나가셔서 전 종업원의 근무 성적을 훑어보시겠다며 뜻을 굽히지 않으셨겠죠. 사장님의 류머티즘을 완치하지 말아 달라고 비서과 사람들이 저한테 슬쩍 쥐여줄 지경입니다……. 아하하, 이건 농담입니다. 그런데 부인은 스기히코 군과는 언제 만나신 겁니까? 만난 지 오래되셨습니까?"

"아니에요. 4월 초에 만났답니다. 그 전엔 서로 얼굴도 몰랐지요."

"그렇습니까. 그럼 완전히 첫눈에 반하신 셈이로군요! 전 가끔 젊은 사람들의 용기가 부러워지곤 합니다. 앞뒤 안 가리고 무모하게 행동하는 것 같으면서도 실상은 철저하게 계산하면서 챙길 것 다 챙기니 말이죠. 이거야 원, 감탄하지 않을 수 없습니다."

"선생님이라고 아직 그리 연세를 드신 것도 아닌데요. 게다가 결혼은 그렇게 어려운 게 아니란 생각도 드는군요."

그녀는 생각을 해 가면서 천천히 말했다. 괜찮다,

아직 실수하지 않았다. 해서는 안 되는 말은 아무것도 하지 않았다.

"저 같은 사람도 할 수 있는걸요. 선생님은 어째서 결혼을 안 하시지요? 부인께서 시계랑 눈싸움을 하면서 선생님이 돌아오시길 기다리는 건 싫으신가요?"

다케가와 의사는 담배 연기를 내뿜었다. 그는 그녀의 예상과는 달리 웃지도, 쑥스러운 척하지도 않았다. 수풀에 반짝이는 오후의 햇빛을 응시하며 매우 덤덤한 어조로 대답했다.

"제가 지금까지 결혼하지 않은 이유를 말씀드리면 부인은 화내실 겁니다."

"어머나, 어째서지요?"

"전 여자란 존재를 믿어본 적이 한 번도 없기 때문입니다."

그녀는 입을 다물었다.

머리 위 가지 끝에서 무리에서 떨어진 어치가 지저귀기 시작했다. 어디 멀리서 기적 소리가 들려왔다. 이 이른 오후의 답답한 고요를 깨뜨릴 게 더 있으면 좋겠다는 생각이 멍하니 들었다. 의사가 자기를 꼼짝 않고 쳐다보는 것을 그녀는 알고 있었다. 그녀는 손가락 하나 까딱하지 않았다.

"이런 말을 한다고 부인이 화내시리라 생각한 건 보아하니 제 실수였던 것 같군요."

고요를 깬 것은 의사였다. 그는 대화를 끝맺듯이 말했다.

"부인과 스기히코 군을 보다 보면 누구든 토라지고 싶어질 겁니다. 두 분은 세상에 둘도 없이 행복해 보이는 부부입니다. 부인의 행복을 망칠 게 세상에 존재한다면…… 아니, 과연 그런 게 이 세상에 존재하기는 할지, 전 정말 확신할 수 없군요."

제4장
'검은 소'와 나

 사건 수사를 직접 담당했던 경위를 내가 다시 한 번 만나게 되리라는 말을 들었을 때, 나는 한동안 입을 열지 못했다.

 때 탄 와이셔츠를 입고 풍채가 그저 그런 사람이 부스스한 머리를 쓸어 올리며 건성으로 불쑥 한 이야기만 아니었다면, 나도 그렇게까지 어안이 벙벙해 하지 않았을지도 모른다.

 에다가 데려온 세이케 요타로가 그것을 생각해내고 실행에 옮겨 급기야 마련한 기회였다. 그렇다면 그가 저번에 에다에게 말했던 '조만간 좋은 생각이 떠오를 테니까.'의 '좋은 생각'이란 이것이었나. 그

동안 그가 어디를 어떻게 뛰어다녔는지는 모르지만, 아무튼 경위가 나를 만나주겠다는 것이다. 다시 한 번 내 이야기를 들어주겠다는 것이다.

'……이건 뭔지는 몰라도 터무니없이 큰 자비의 발로, 아주 대단한 특전이고, 나는 그 여광을 받고 있는 게 틀림없다.'

이렇게 생각해놓아야 나중에 실망도 덜하다. 아무튼 경위를 만난다고 그게 곧바로 서광(아아, 이런 말도 있었구나)으로 이어지는 게 아니라는 것만은 마음에 단단히 새겨 두자.

도대체가 사건 수사를 지휘했던 경찰관을 이 문제를 해결할 사람으로 지목하다니, 어느 얼간이가 생각해낸 일인가? 세이케 변호사가 복장이 추레하건 말건, 포장마차의 소주로 위장을 다리건 말건 내 알 바 아니지만, 얼간이인 것만은 사양하고 싶은 심정이었다. 세이케 변호사는 이 사건을 이렇게까지 엉망진창으로 만들어놓은 장본인이 다름 아닌 그 경위라는 것을 모르나?

가령 기적이 일어나 경위가 내 이야기를 처음부터 끝까지 믿어준다 치자. 그렇다고 뭐가 어떻게 된다는 말인가?

 선고가…… 사형 선고가 내려졌다는 사실을 그는 잊었나?

 항소를 한다 해도 어차피 똑같은 과정이 기계적으로 반복될 뿐이라는 것을 잊었나? 변호사는 그렇다 쳐도, 너 자신까지 잊은 건가?

 그렇게 자문할 때마다 나는 속으로 '아니.' 하고 대답했다.

 '잊지 않았어. 하지만 난 하는 데까지 해볼 생각이야. 당신과 날 위해서.'

 나는 나 자신에게 대답하는 게 아니었다. 내 마음속 어슴푸레한 구석에 비치는 한 얼굴을 향해 대답하는 것이었다. 그 얼굴은 언제 봐도 철창살과 철망으로 가로막혀 있고 불안과 초조함에 기묘하게 일그러져 있었다. 그리고 그 음울한 표정 뒤에는 일찍이 내 마음을 그리도 설레게 했던 떼쟁이 같은 인상이 숨어 있었다.

 나는 두 번 다시 그것을 되찾지 못할 것인가?

 "……중대한 일입니다. 한 사람, 아니 두 사람의 생명이 걸린 문제예요."

내 말을 K현 경찰 본부 수사1과의 오가타 경위는 묵묵히 듣고 있었다.

그는 젊었을 적에는 꽤나 미남이었으리라 여겨지는 거무스름하고 이목구비가 뚜렷한 용모와 회색이 살짝 섞이기 시작한 관자놀이, 당당한 체구를 지닌 사람이었으나, 어중간하게 단정한 이목구비와 거구가 되레 어울리지 않게 느껴질 정도로 침체된, 흡사 지친 소 같은 분위기를 띠고 있었다. 그 모습에서는 사건이 발견된 날 아침, 경찰차를 타고 줄줄이 언덕 위 저택으로 달려온 일군 중에서 맨 먼저 행동을 개시했던 활기차고 전투적인 그를 떠올리기가 쉽지 않았다.

그는 이미 이 사건에 자기 직무 영역 내에서의 결말이 내려졌다고 믿나? 그저 내 마음을 달래주기 위해, 나에 대한 일말의 동정심에서 이렇게 특별히 시간을 내서 내 이야기를 열심히 듣는 척하는 건가? 내 집념, 미련에 넌더리를 내며, 이제 와서 또다시 문제를 들추어내려는 것을 성가시게 생각하며, 내 이야기가 끝나기를 참을성 있게 기다리는 데 불과한 건가?

감정이 고조되는 것을 억누르지 못한 나는 생각처럼 차례대로 조리 있게 설명하지 못했다. 스스로도 조바심이 날 정도로 도중에 말문이 막혀 말을 잇지 못하고, 몇 번씩 고쳐 말하고, 머뭇거렸다. 내 손바닥에는 땀이 흥건히 배어 있었다.

방 안은 바람이 잘 통하지 않아 더웠다. 나와 세이케 변호사와 경위, 이렇게 셋만 앉아 있는 것치고는 너무 더웠다.

나는 변호사를 몇 번씩 훔쳐보았다.

그는 덥지도 춥지도 않은 듯한 얼굴로 태평하게 앉아 있었다. 나와 오가타 경위가 마주 보고 있는 터라, 변호사는 흡사 스모 경기의 심판처럼 그 중간에 앉아 있었다. 졸린 것 같은, 신속하게 푹 잠들기 위해 다량의 술을 원하는 듯한 표정이었다.

이 남자가 나와 경위의 회견에 필요한 성가신 문제를 전부 처리해주었으리라는 것, 경위를 만나 이야기할 때 내 말투까지 걱정해주었다는 것은 꽤나 놀라운 일이었다. 마치 길바닥에서 졸던 당나귀가 별안간 벌떡 일어나 금광의 위치를 가르쳐준 것 같은 일이었다.

그런데 금을 캐러 가는 것은 당나귀가 아니라 역시 나였다.

나는 눈앞에 떡하니 자리를 차지하고 앉은 금광을 바라보았다.

그것은 매우 크고 단단하고, 어디서부터 곡괭이를 내리치건 반응이 전혀 없는, 자갈로 뒤덮인 산과 비슷했다.

나는 속으로 한숨을 쉬고는 할 줄 아는 말이 그것밖에 없는 양 또다시 되풀이했다.

"중대한 일입니다. 정말 두 사람의 생명이······."

나는 입을 다물었다.

경위는 이런 연극적이고 과장된 표현에 진저리를 내고 있을 게 분명하다. 그에게는 '중대'라든지 '중요'라든지 '생명이 걸린 문제' 같은 말로 과다하게 수식된 보고서며 청원이 날마다 산같이 쏟아져 들어올 테니까.

나는 또다시 세이케 변호사를 훔쳐보았다.

엄지손톱 사이를 응시하던 변호사는, 내 시선을 알아차리자 눈길을 들어 보일 듯 말 듯 고개를 끄덕였다.

나는 조금 안심했으나, 그와 동시에 한층 더 불안해졌다. 고개를 끄덕인 사람이 경위였다면 얼마나 좋았을까.

"……언제 그걸 깨달았습니까?"

이윽고 마침내 오가타 경위가 무거운 입을 열었다. 두꺼운 커튼이 아주 약간 흔들려 햇빛이 얼핏 비쳐 들듯이.

나는 입술을 핥았다.

"증인 신문이 끝나고 최종 변론을 했을 때입니다. 묘한 이야기지만, 전 그때까진 이번 일을 이 정도로 심각하게 생각하지 않았다고 할 수 있어요. 물론 사태의 중대성은 잘 알고 있었고 큰일이 났다고 생각하긴 했지만, 남편만은 진심으로 믿었기 때문에 그이가 그런 일을 할 사람이란 생각은 꿈에도 하지 않았습니다. 어디의 누가 무슨 소리를 지껄이건 남편이 한마디 딱 잘라 부정만 하면 그걸로 전부 해결되고, 경찰이 다시 진범을 찾기 시작할 거라고만 생각했던 어수룩한 인간이 저예요. 경찰이 실수를 하고 그걸 그냥 두기도 한다는 걸, 뿐만 아니라 그 실수가 발각되지 않게 갖은 공작을 하기도 한다는 걸 전 몰랐던 거예요."

나는 또다시 입술을 핥았다. 왜 그렇게 입이 마르는지 알 수 없었다.

"항소 제기 기간은 1심 판결 다음 날부터 14일간, 그 기간 중에 서류를 항소 법원에 제출해야 하죠? 그때, 부득이한 이유로 1심 변론 종결 전에 조사를 받을 수 없었던 증거로써 증명 가능한 사실…… 사실……."

나는 닳아빠진 레코드처럼 말을 더듬거렸다. 난해한 법률 용어를 읊조리는 것은 내가 자신 있는 분야가 아니었다.

세이케 변호사가 당연하다는 듯 뒤를 이어받았다.

"그런 증거로써 증명 가능한 사실이며, 그 사실의 오인이 명백히 판결에 영향을 미친다고 믿기에 부족함이 없는 경우는 기소 기록과 원재판소에서 조사했던 증거에 나타나 있는 사실 이외의 것이라도 항소 취의서에 그것을 원용할 수 있다고 형사 소송법 제382조의 2에 나오죠. 그 증거의 단서가 될 것을, 이 경우는 이 사람이 지금에 와서 비로소 잡은 셈인데……."

"그렇습니다. 이젠 너무 늦었을까요? 제가 발견한 사실을 바탕으로 다시 한 번 수사를 해주십사 부탁드리는 건 미친 짓일까요? 아내는…… 아내란 원래 남편 때문에 거짓말을 하는 법이라고 단정하고 그걸로 끝인 걸까요?"

오가타 경위는 여전히 나에게서 시선을 떼지 않았다. 내 눈을 통해 내 마음을 탐색하고 그것이 과연 받아들일 가치가 있는지 판단을 내리지 못하는 듯 보였다. 경위는 눈을 보면 그 사람의 마음을 알 수 있다는 그 전설을 믿는 건가? 내 눈은 아름답고 맑은 게 아니라, 탁하고 충혈되고 퉁퉁 부어 있을 게 분명한데. 게다가 인상 역시 지독할 게 틀림없다.

경위는 또 세이케 변호사도 바라보았다.

그는 나 못지않게 이 동석자의 존재가 불편한 듯했다. 이 남자의 언변에 넘어가 이렇게 성가신 일에 어느새 말려들고 만 것에 뒤늦게 놀라는 듯 보였다. 나는 경위의 거구와 지친 소 같은 표정 어딘가에서 어렴풋한 망설임 같은 것을 보았다. 매우 약하고 종잡을 데 없는 옅은 그림자이기는 했으나 분명히 거기 있었다.

'경위는 결코 확신하지는 않는구나, 오오, 결코!'

내 심장은 천천히 두근거리기 시작했다.

오가타 경위는 고쳐 앉더니 나와 세이케 변호사, 둘 중 누구에게랄 것 없이 중얼거렸다.

"어째서 이제 와서 저한테 이야기할 생각을 한 겁니까? 그 때문에 변호사가 있는 게 아닙니까? 게다가 이 사건은 이미 오래전에 제 손을 떠났는데요."

"네, 그건 경위님 말씀이 맞습니다만······."

내 혀가 또다시 꼬였다.

세이케 변호사가 나를 제지하더니 경위에게 고개를 돌리고 설명하기 시작했다. 그가 이야기하는 동안, 나는 멍하니 듣고 있을 수밖에 없었다. 세이케 변호사는 경위에게 '당신 말씀이 전부 지당하려니와, 이제 와서 당신에게 재고를 청하는 게 상식에 어긋난다는 것은 잘 안다.'는 취지의 말을 열심히 늘어놓고 있었다. 진심으로 그렇게 생각하는 게 아니라는 것은 명백했다. 만약 정말 그렇게 생각한다면 이런 자리 자체를 마련하지 않았을 것이다.

"그런데 경위님, 이 사건은 매우 특수하고 복잡한 성질을 띤 것이라······ 제가 한 번 죽 훑어봤습니다만……. 아니, 아무튼 상황이 이렇게 된 것도 불가피한 일이었던 것 같습니다. 그래요, 그렇게 된 겁니다. 증인 신문이 끝난 뒤에야 이 사람은 중대한 단서를 발견했습니다. 왜냐하면 이 사람은 그 단서가 된 증언을 그때까지 직접 들은 적이 없었기 때문입니다. 그런 증언이 어느새 있었고 그게 사태 판단에 큰 역할을 했다는 걸 그때 처음 알았으니 말이죠. 그런 연유로 뭐, 저도 이건 이대로 둘 순 없겠다 싶어서 일대 결심을 하고 밥보다 더 좋아하는 술까지 끊고……."

이 사람은 대체 무슨 말을 하는 걸까? 그가 술을 끊은 것과 우리 부부가 그릇된 운명에 희롱당하는 것이 무슨 관계가 있다는 말인가?

"나서기로 한 겁니다. 그 첫 단계가 경위님을 움직이는 것이었던 터라…… 아뇨, 압니다. 알다마다요. 이렇게 중요한 시간을 내주신 것만으로도 대단히 큰 호의라는 건 잘 압니다."

지금 대체 무슨 소리를 하는 거죠? 시간을 내준 것만으로는 아무 소용이 없잖아요. 내 말을 들어주지 않으면, 내 말을 믿어주지 않으면 소용없다고요.

"그게 말입니다…… 경위님, 누차 말씀드렸다시피……."

가볍게 헛기침.

변호사란 인간은 왜 중요한 순간에 이르면 헛기침을 하는 걸까? 유기 변호사도 그랬다. 그 사람은 내 이야기가 중대한 대목에 이르면 반드시 헛기침을 하며 시선을 다른 데로 피했다. 사건이 일어나기 전에는 그렇게 친절하고 붙임성 있게 나를 보더니. 하여간 인간은 정말 알 수 없는 존재다.

그러니 이 사람도—나는 세이케 변호사에게 값을 매기는 듯한 눈길을 슬쩍 주었다—의외로 쓸모가 있을지 모른다. 에다의 말은 거짓말도, 과장도 아니었는지 모른다.

"1심에선 변호사까지 범인의 말에 끌려다닌 셈이라…… 그렇게 되면 이젠 최후 수단으로 가는 수밖에 없습니다. 번거로운 법률이니 수속을 어렵게 생각할 틈이 없는 겁니다. 아뇨, 평소 같으면 그런 걸 어렵게 생각하게 하려고 저희 같은 업종이 존재하는 셈입니다만, 이 경우엔…… 그렇습니다, 경위님. 경위님을 끌어늘인 선 경위님이라면 범인한테 포섭될

염려가 없다고 생각했기 때문입니다. 범인도 설마 경위님까지 포섭할 생각은 안 할 겁니다. 그랬다간 되레 긁어 부스럼일 테니 말이죠. 경위님은 경찰입니다. 이 사건의 '범인'을 잡아 법정에 인도해 이미 그 유죄를 입증한 쪽 사람이죠. 하지만 경위님, 만약 경위님의 판단에 어떤 착오가 있었다면…… 경위님이 그런 판단을 하게끔 한 관계자의 증언이 허위였다면 어떻게 하시겠습니까? 경위님은……."

"제발 부탁드립니다, 경위님. 저희가 매달릴 사람은 이제 경위님밖에 없습니다……."

나는 세이케 변호사와 2중창을 벌일 생각은 없었다. 변호사의 말이 끝날 때까지 얌전히 기다릴 작정이었다. 이성을 잃고 부끄러운 행동을 하는 일이 없도록 조심하겠다고 생각했었다.

그렇건만 어느새 세이케 변호사는 말을 중단하고, 작고 무더운 방 안에 내 목소리만 왕왕 울리고 있었다.

"게다가 경위님은 어디의 누구보다도 그때 상황을 가장 잘 아시죠. 경위님이시라면 다시 한 번 그때 일을 기억해서 맞춰보고 확인해주실 수 있어요. 경위님이시라면 제가 두 번 다시 거짓말을 하지 않으리란 걸 믿어주실 거예요······."

나는 오가타 경위가 뚱하니 입을 다문 채 안주머니에서 검은 가죽 수첩을 꺼내는 것을 바라보았다. 나와 세이케 변호사는 숨을 멈추고 바라보았다. 실크해트에서 토끼를 꺼내는 마술사의 손놀림을 지켜보는 관객의 표정도 우리만 못했을 것이다.

오가타 경위는 답답하리만큼 천천히 수첩을 펴더니 그 속에서 가느다란 연필 한 자루를 꺼내 들고는 나에게 시선을 돌렸다.

그는 느릿느릿 말했다.

"계속해보시죠. 전부 빠짐없이 말씀하십시오. 그 유기라는 변호사의 태도는 실은 저도 약간 마음에 걸렸습니다."

"경찰이나 법정에서 말씀드렸던 것하고 겹치는 부분도 있습니다만."

나는 일부러 무표정한 얼굴로 말했다. 그러지 않으면 벌떡 일어나 춤이라도 출 것 같았기 때문이다. 심장이 입 밖으로 튀어 나갈 것만 같았다.

"그래도 괜찮을까요?"

"괜찮습니다."

오가타 경위는 시선을 다른 데로 돌리고 수첩 가장자리를 연필 끝으로 톡톡 치면서 탄식하듯 덧붙였다.

"몇 번을 반복하셔도 상관없습니다. 진상이란 건 그렇게 해서 발견될 때가 의외로 많거든요. 물론 발견되지 않을 때도 많습니다만……."

제5장
아기

 시누이 부부가 오기로 약속된 6월의 화창한 일요일 아침에 마침내 새로운 생활의 궤도에 오르기 시작한 스기히코 부인이 정원에서 잔디밭을 손질하는데, 투톤 컬러의 낡아빠진 힐먼 한 대가 언덕을 올라오더니 대문 안으로 들어왔다. 땅딸막한 초로의 신사가 옆구리에 서류가방을 끼고 운전석에서 내렸다.
 차고 옆에 있던 아시마 가의 운전사에게 손을 흔들고 익숙한 태도로 별채 쪽으로 걸음을 옮기려던 신사는 문득 클로버 덤불에 무릎을 꿇고 앉아 뭔가를 하고 있는 젊은 여자를 발견했다.
 "뭘 잃어버리신 겁니까?"

그녀는 놀란 얼굴로 일어섰다.

청바지 위에 남자 와이셔츠 같은 셔츠 컬러의 흰 블라우스를 입고 소매를 걷어 올리고, 머리는 하얀 바탕에 파란 물방울무늬 면 스카프로 단단히 둘렀다.

옆에는 간이 제초기와 물뿌리개가 버려져 있고, 그녀의 두 손과 볼에는 흙과 풀 쪼가리가 묻어 있었다.

"아니에요. 클로버가 하도 막 자라서요." 그녀는 쾌활하게 대답했다. "좀 말끔하게 다듬어볼까 한 건데…… 찾았지 뭐예요!"

"뭘 말씀입니까?"

"보세요."

신사는 여자가 내민 것을 유심히 살펴보았지만, 발치에 무성한 푸른 클로버와 다를 바가 전혀 없어 보였다.

그가 당혹하고 있으려니, "보세요, 네 잎이죠?" 하고 상대방이 열심히 설명했다.

"저, 이게 무슨 약에라도 쓰이는 겁니까?"

"약이라고요?"

그녀는 신사를 쳐다보더니 소리 내어 웃었다.

"달여서 먹으면 좋다거나 그런 종류는 아니에요. 하지만 재수가 있고 없고를 따지는 사람한테는 아주 잘 듣는 묘약이랍니다. 특히 제가 있던 곳에선 그런 걸 믿는 사람들이 얼마나 많은지, 한번은 에다가……."

그녀는 문득 입을 다물었다. 사근사근한 미소가 슥 사라지고, 진실함이 없는 서먹서먹함과 경계의 빛이 산 지 얼마 되지 않는 새 모자처럼 얼굴에 출현했다.

"무슨 일이신지요? 남편은 아직 쉬는 중입니다만."

"오전 중으로 오라는 전화를 받고 찾아뵌 겁니다. 사장님은 시간 엄수에 까다로운 분이시니 말이죠."

신사는 상대를 찬찬히 살펴보더니 빙긋 웃었다.

"얼마 전에 결혼하신 며느님이시군요? 이거 실례 많았습니다. 이 댁에서 가정부가 아닌 여자 분이 이런 일을 하시는 걸 처음 본 터라…… 인사가 늦었습니다. 전 이 댁 고문 변호사인 유기 다쿠헤이라고 합니다. 이 댁에 벌써 십수 년째 드나들고 있죠."

"저런, 유기 씨도요?"

"네?"

"이 집엔 몇 년째 '근속'하는 사람이 아주 많거든요. 가정부도, 운전사도, 의사 선생님도, 드나드는 상인들도. 다들 이 집 사람 이상으로 이 집을 알더군요. 이 집 부엌 기둥에 못이 몇 개 박혀 있는지 여태 모르는 사람은 저뿐이랍니다. 그런데 유기 씨도 그 사람들과 똑같은 말씀을 하시는군요."

변호사는 납득한 듯 또다시 빙긋 웃었다.

"유서 있는 오래된 집안이니 말이죠. 이 댁 덕에 먹고사는 사람이 한둘이 아닙니다. 이 댁을 모시는 사람은 하나같이 충의를 다하는 이들뿐이랍니다. 특히 시세 씨는 선대 어르신 때부터 있던 명물이죠. 그렇게 말하는 저도 충성과 근면이라는 점에선 남보다 갑절은 노력하고 있습니다만, 사장님께는 늘 불호령만 듣고 꼼짝도 못 하는군요."

"아버님을 뵈러 오셨군요? 별채와 본채로 따로 살다 보니 사정을 전혀 모른답니다. 게다가 전 그쪽으론 아예 가까이 가질 않거든요."

"그건 안 될 말씀이군요." 변호사는 진심으로 유감스러워하듯 다시 한 번 말했다. "그건 안 될 말씀입니다……. 부인 같은 분이 가족이 되신 걸 사장님께서 얼마나 기뻐하시겠습니까. 되도록 자주 찾아뵙고 위로해 드리십시오."

"저도 그렇게 생각했는데……."

그녀는 눈을 살짝 내리깔았다.

유기 변호사는 화제를 바꾸기로 했다. 그는 조금 전까지 그녀가 쭈그리고 앉아 있던 잔디밭 구석을 신기한 곳이라도 보듯 과장된 제스처로 둘러보았다.

"이거야 원, 풀이 참 많이도 자랐군요! 부인께 이런 일을 시키다니, 가정부나 조경업자는 대체 뭘 한답니까? 예전엔 이런 일이 결코 없었습니다만."

"어머, 아니에요." 그녀는 허둥지둥 고개를 흔들었다. "제가 멋대로 시작한 일인걸요. 오늘은 형님께서 처음 저를 만나러 오시는 날이기도 하고, 게다가 운동 부족 탓인지 요새 몸 상태가 어째 이상해서 말이지요."

"생활환경의 변화 때문입니다. 새 신부에겐 흔히 있는 일이죠. 그리고……."

변호사의 눈에 동정과 다 안다는 듯한 표정과 호기심을 적당히 혼합한, 얇은 막 뒤에서 그녀를 바라보는 비누 거품처럼 부드러운 빛이 떠올랐다.

"신경을 많이 쓰시는 것 같군요."

"그런…… 정도는 아니고요."

그녀는 망설임 어린 표정으로 미소를 지었다.

"혼자서 예의 바르게 하고 있기가 꽤나 연습이 필요한 일이란 걸 알았어요. 물론 그럴 걸 알면서 이 집에 온 거지만요."

"그래도 이 댁에 보조를 맞춰 가며 지내시기가 여간 힘들지 않으실 테죠. 짐작이 갑니다."

"아버님 계신 곳에 드나드시는 다케가와 선생님도 비슷한 말씀을 하시더군요. 얼마나 염려해주시는지……."

"전무님 내외가 오늘 함께 오신다니 더욱 마음고생이 크시겠군요."

"아, 그렇네요. 유기 씨, 저녁 식사를 저희와 같이 하시면 어떨까요? 남편도 알면 분명히 그렇게 말씀드릴 테고, 평소처럼 다케가와 선생님이 나타나시면 그분도 초대할 작정이었거든요. 게다가…… 식사를 하는 자리에 가급적 많은 분이 계시는 편이 저도 마음이 더 편할 것 같은걸요."

"그럼 제가 부인의 신경 안정제가 되는 겁니까?"

"네, 그런 의미에선 그렇죠."

"아이고, 아닙니다. 어떤 의미가 됐건 기꺼이 초대에 응하겠습니다."

변호사는 눈을 가늘게 떴다.

"저녁에 초대해주신다면야 잔소리 많으신 노인 분을 상대하기보다 몇 배는 더 기쁜 일이죠. 되도록 빨리 용건을 마치고 부인께서 손수 하신 요리를 먹으러 가겠습니다. 그럼 나중에 다시 뵙죠. 사장님께서 제가 늦게 온다고 분명 머리에서 김을 내뿜고 계실 겁니다. 일요일 아침부터 변호사를 불러다 대체 뭘 시키시려는 건지 모르겠군요."

유기 변호사는 서글픈 표정으로 머리를 내젓고는 가볍게 고개를 숙인 뒤 별채 쪽으로 사라졌다.

이때 일을 훗날 그는 법정에서 증인으로서 질문을 받았다. 즉, 1심에서 '증인은 그날 아침 무슨 이유로 피해자를 찾아갔나? 피해자는 무슨 일로 당신을 불렀나?' 하는 검사의 질문에 그는 다음과 같이 설명했다.

"유언장 및 유산 상속 관련 문제로 긴급히 상의하

고 싶으니 일요일 오전 중에 저택으로 오라고 전날 밤에 피해자에게서 전화가 왔습니다. 제가 오후에 가면 안 되겠느냐고 했더니, 사장님은 역정을 내시며 호통을 치시고 빨리 오라고 명령하셨습니다."

"그때 피해자가 한 말을 기억합니까? 지금 이 자리에서 그대로 반복할 수 있겠습니까?"

"아마 가능할 겁니다……. 분명히 전화로 이렇게 악을 쓰셨습니다. 그분은 아무래도 연세가 있으시다 보니 귀도 잘 안 들리시는 데다 타고난 큰 목청으로 호통치는 게 버릇이셨거든요. '딸 내외가 내일 중으로 꼭 확실하게 해두라고 하니 빨리 오라는 게야. 뭐? 스기히코가 어쨌다고? 그놈은 뼛속까지 방탕이 배어든 게으름뱅이야. 제 놈이 울며 매달리면 내가 끝까지 안 된다고 못 하는 걸 계산에 넣어선…….'"

그는 피고를 흘깃 보더니 안절부절못하며 이마의 땀을 닦았다.

"'여자를 방편 삼아 날 구워삶으려는 게야. 허나 그놈이 주워 온 그 부모 형제도 없고 집안도 알 수 없는 계집은…….'"

그는 점점 더 안절부절못하며 그 뒤 사장이 뭐라

말했는지 잘 기억나지 않는다고 대답했다. 검사는 이 문제를 그 이상 추궁하려 하지 않고, 자기가 모시는 주인에 해당되는 남녀의 인격 문제에 관해서까지 증언해야 했던 변호사의 난처한 처지를 배려해 심문을 끝냈다.

 검사는 그 이상 깊이 파고들지 않아도 심문의 목적이 이미 충분히 달성되었다고 믿었던 것이다.

 별채로 가는 유기 변호사를 지켜보며 그녀는 명치 언저리에 손을 댔다. 몸 상태가 이상하다고 한 말은 사실이었다. 며칠 전, 아니, 더 오래전부터 가벼운 메스꺼움이 그녀 몸속에 숨어들어 가실 줄 몰랐다. 초여름 아침의 가벼운 운동이 기분을 새로이 해 줄 줄 알았건만 별로 도움이 못 된 모양이다.

 유일한 수확은 그 성실해 보이는 고문 변호사에게서 저녁을 함께 먹겠다는 약속을 받아낸 것이다. 변호사는 그녀에게 호의를 가진 듯 보였다. 그가 옆에 있으면, 시누이 부부가 저녁 식사 자리에서 그녀를 보고 아무리 기겁해도 당장 나가라는 비합리적인 말은 못 할 것이다.

오늘 밤 손님 생각만 하면 어쩔 수 없이 기분이 울적해졌다. 하지만 오늘 밤이 바로 중요한 때다. 그녀의 향후 결혼 생활에, 인생에, 지난번 별채에서 있었던 늙은 군주와의 회견에 이어 중요한 의미를 갖는 밤이 될 것이다(정말 그렇게 되었다). 여기는 이쯤 해두고 손님을 맞을 준비를 하는 게 좋겠다. 가정부들과 상차림을 의논하고(그래 봤자 그들이 준비한 음식을 설명하는 것을 그냥 듣기만 할 뿐이지만. 유기 변호사는 그녀가 손수 만든 음식을 먹게 되어 기쁘다고 했는데, 사실을 알면 어떻게 생각할까?) 몸단장도 해야 한다. 시간은 아직 많이 있었지만 아무리 있어도 넘치지는 않을 듯했다.

손님맞이를 준비하는 것은 나쁜 기분은 아니다. 마음이 급하고 눈코 뜰 새 없이 바쁜 데다 특히 그 손님이 자기에게 어떤 감정을 품을지 알 수 없다는 악조건 아래일지언정, 최소한 이 널따란 저택에서 홀로 남편의 귀가를 기다리는 것보다는 의욕이 생긴다.

'메스꺼움만 심해지지 않으면…… 시누이 부부가 나를 그렇게 싫어하지만 않으면.'

네 잎 클로버는 좋은 징조로 보였다. 그녀는 그것을 청바지 주머니에 넣고 속에서 울컥울컥 올라오는 것을 삼켜가며 제초기를 정리하기 시작했다.

 잔디밭 너머에 있는 차고 옆에서는 야시마 노인의 벤츠 세단과 스기히코의 재규어, 유기 변호사의 힐먼까지 세 대를 나란히 놓고 운전사 에자키가 열심히 세차하고 있었다. 앞 유리창에 햇살이 쏟아지고, 호스에서 뿜어져 나오는 물은 수국 잎사귀 위로 무지개가 되어 흩어졌다.

 "오늘은 휴일 아니었어?"

 그녀는 집으로 가다 말고 운전사에게 말을 걸었다.

 운전사는 놀란 표정으로 돌아보더니 눈을 껌벅거렸다.

 "그렇습니다. 이 일을 끝내면 도쿄에 있는 형네라도 갈까 하는데요."

 "그거 좋겠네." 그녀는 말을 이었다. "자고 올 거지? 편히 쉬다 와. 아버님은 어차피 회사에 안 나가시니까."

 "류머티즘이시라죠? 작은나리는 직접 운전하시니, 저희는 이제 쓸모가 없군요."

운전사는 기운이 없어 보였다. 오랜만의 휴일에 세차할 차가 한 대 늘어 낙담한 것일 수도 있고, 일자리를 잃을까 봐 걱정하는 것일 수도 있었다.

그녀는 좀 더 이야기하고 싶었으나, 상대방이 눈길을 밑으로 내리고 부지런히 걸레를 놀리기 시작하는 바람에 그만두었다. 운전사는 대화를 계속하는 것을 성가시게 생각하는 것처럼도 보였다. 그는 일하는 데 방해받고 싶지 않은 것이다. 얼른 도쿄로 놀러 가고 싶은 것이다.

'그렇지만…… 저 사람들은 왜 나에게 마음을 열지 않는 걸까? 내가 터놓고 지내려고 한 발짝 앞으로 나서면, 가정부건 운전사건 모두 한 발짝 물러선다. 얼굴에는 나에 대한 관심을 노골적으로 드러내면서.'

그녀가 무릎 언저리에 묻어 있던 풀잎을 털고 응접실과 테라스를 연결하는 프랑스식 창문으로 돌아오는데, 나이가 가장 젊은 가정부인 노부가 복도를 종종걸음으로 달려오다가 그녀를 발견했다.

"저…… 작은나리께선 아직 기침하지 않으셨는지요?"

"아마 그럴 것 같은데, 왜?"

"잠시 드리고 싶은 말씀이 있어서요."

"그럼 내가 듣고 전할게. 어차피 슬슬 깨우러 가려던 참이니까."

"그게……."

스기히코 부인은 노부의 표정에 단순한 의례적인 사양과는 다른 미묘한 주저가 어린 것을 바로 알아차렸다. 그새 감이 퍽 좋아졌다. 이 집에 온 뒤로 그녀는 이미 여러 가지를 배웠다. 앞으로도 여러 가지를 배워야 할 것이다. 인간은 늘 공부를 해야 한다.

"그래?" 그녀는 되도록 무심한 어조로 대답하려 노력했다. "그럼 이렇게 하는 건 어때? 내가 그이를 깨울 테니까, 그이가 세수하러 내려오면 네가 이야기하는 거야."

"예, 부탁드립니다."

노부는 복도를 되돌아갔으나, 그 눈에는 영부인이 청바지를 입는다는 야시마 가 전대미문의 사태에 대한 빈축의 빛이 노골적으로 서려 있었다.

시누이 부부는 오후 6시 넘어 도착했다.

현관까지 마중 나간 스기히코 부인은 손님이 둘만

이 아님을 알았다. 시누이 부부는 한 젊은 아가씨를 동반하고 있었다.

"당신이 스기히코의……? 이쪽은 남편 친척 되시는 분의 따님인 미사코 양이에요. 스기히코가 아주 자알 알죠."

자기도 초면인 시누이가 아가씨를 소개했다. 그녀는 시누이가 '자알'에 다소 과하게 힘을 주었다는 생각을 멍하니 했다.

'이러면 안 되지. 침착해야 해. 이제부터 있을 일에 일일이 신경을 곤두세워서는 안 돼.'

세 사람은 곧바로 노인에게 인사하러 별채로 건너갔다. 미사코만은 10분 뒤에 나왔으나, 다른 두 사람은 한 시간 지나도록 돌아오지 않았다. 그사이에 스기히코까지 별채로 불려 갔다.

그들의 이야기가 예상 밖으로 길어지면서 저녁 식사 예정이 어긋나는 바람에 스기히코 부인과 가정부들은 안절부절못했다. 그러나 손님 수가 지금에 와서 늘었는데도 가정부들이 별반 비난하지 않는 것을 보면, 그들은 미사코가 오는 것을 미리 알고 있었던 게 아닌가 하는 생각이 들었다. 가정부들, 그리고 스기히코는……. 아마 아침에 늦게 일어나 세면실로 가는 스기히코에게 노부가 귀띔을 한 것은 그 일이었을 것이다.

'저, 작은나리, 마님께는 말씀드리지 않았는데 실은 오늘 저녁에…….'

유기 변호사, 그리고 오늘도 오후 늦게 훌쩍 나타난 다케가와 의사는 응접실 구석에 마련된 바에서 시간을 때우고 있었다.

이 두 사람은 물론 만나면 인사를 주고받기는 하나 그 이상 친밀한 관계로 발전할 기미는 없었다. 유기는 소파 앞에 놓인 낮은 테이블에 서류를 펴 놓고 일하고, 의사는 혼자 스툴에 걸터앉아 만족스레 술잔을 기울이고 있었다.

미사코라는 아가씨는 그동안 정원을 산책하고, 서재를 들여다보고, 혼자 다다미방에 주저앉아 있었다.

스기히코 부인은 그녀에게 다과를 가져다주었다. 손님을 무료하게 하고 싶지 않았다.

그러나…….

그녀는 어떻게 하면 좋을지 알 수 없었다.

이 고요한, 아니, 그렇다기보다 넋이 나간 듯한 표정으로 그녀를 바라보는 빈혈증 아가씨에게 무슨 이야기를 하며 시간을 보내면 좋은가. 아가씨는 한 번도 먼저 입을 열려 하지 않았다. 날씨와 언덕 위에서 바라보이는 전망, 노인의 용태 등에 관해 두어 마디 주고받고 나니, 두 사람 사이에는 화제랄 것이 아무것도 남아 있지 않았다. 자단 탁자를 사이에 두고 마주 앉은 채, 두 사람은 이따금 눈을 마주쳤다가 도로 고개를 숙이고는 치맛자락에서 있지도 않은 실밥을 찾았다…….

두 사람 사이에 공통되는 화제가 아직 딱 하나 남아 있을 터였다. 날씨 이야기나 노인에 관한 잡담보다 두 사람의 마음을 훨씬 매료시켜 마지않을 화제가.

그러나 두 사람은 끝내 그 화제를 꺼내는 일 없이, 좋아하는 음식 주위를 냄새만 킁킁 맡으며 맴도는 소심한 푸들 두 마리처럼 그 주위를 뱅뱅 돌기만 하고 말았다.

'스기히코 씨와는 어떻게?'

'스기히코 씨와 당신은 어떤 관계?'

아가씨는 연한 자줏빛 꽃무늬가 잔잔한 실크 드레스를 매우 기품 있고 우아하게 입었다. 짙은 화장도, 억지웃음도 모르는 조그만 얼굴을 똑바로 들고 고요히 앉아 있었다. 스기히코 부인은 그 타고난 품위와 참을성에 감탄했으나, 동시에 악 하고 소리 지르고 싶은 충동을 참느라 애를 먹었다. 스기히코가 이 아가씨를 '자알' 알고 있다면 어떤 식으로 이야기를 주고받고 비위를 맞추었을까. 실제로 그가 평소 나이트클럽 구석에서나 침대에서 아내를 난처하게 하고는 좋아라 하는 그런 태도로만 행동할 수 있다면, 어떻게 이…….

그때 드디어 별채에서 해방된 사람들이 본채에 나타나, 일동은 온화하게(최소한 표면상으로는 흠잡을 데 없이) 식사를 시작했다. 가정부들은 요리를 차리고 맥주를 따른 뒤 물러갔다.

스기히코 부인은 시누이를 찬찬히 뜯어보았다.

시누이인 라쿠코는 풍만한 30대로, 볼은 희고 보드랍고 눈가에는 잔주름이 아름답게 졌다. 물풀을 수작업으로 염색한 흰 기모노에 색색의 명주실로 무늬를 넣어 짠 허리띠, 흰 도마뱀 가죽 핸드백, 손가락에는 큼직한 스타사파이어. 라쿠코는 잘생긴 기름한 눈으로 이따금 동생의 새 신부를 흘끔거렸다.

스기히코 부인은 물론 청바지와 셔츠블라우스를 다른 옷으로 갈아입었다. 자기가 가진 옷 중에서 가장 얌전하고 무난해 보이는 것으로 골라 입었다. 그런데도 부드러운 색조의 드레스를 입고 어깨 언저리에 섬세한 금 브로치를 달았을 뿐인 젊은 부인을 보자, 저녁 식사 자리에 모인 남자들은 노골적으로 찬탄의 표정을 지었다. 스기히코를 제외한 세 남자는 모두…….

그녀는 남편이 다른 데 정신이 팔린 것을 깨달았다. 그는 아내 쪽을 보기는 보았지만, 전혀 딴생각을 하는 듯했다.

라쿠코 부인 옆에서 그 남편인 히다 노리아키 전무는 체격 면에서나 관심도 면에서나 진기한 카틀레야를 눈앞에 둔 네로 울프를 방불케 하며 처남의 아내를 응시하고 있었다. 그가 당장에라도 '여, 미미 로이, 얼른 치마를 벗으라고!' 하고 고함치는 게 아닐까 싶어 흠칫거렸을 정도였다. 그녀는 도움을 청하려 몇 번씩 남편에게 눈길을 주었지만, 스기히코는 어두운 표정으로 맥주 거품만 노려보고 있었다.
"아무튼."
얼마 동안 침묵이 흐른 뒤, 라쿠코 부인이 새끼 은어 요리에 젓가락을 가져가며 입을 열었다.
"우리가 이러쿵저러쿵 해봤자 소용없겠지. 너희는 너희끼리 재까닥 결혼했겠다, 아버지를 의지하지 않고도 잘 살아나갈 자신이 있을 테니까. 재산을 노리고 시집온 게 아니라고 아까 이 사람도…… 딱 잘라 말했고."
"네, 형님. 그래요."
그녀는 젓가락을 내려놓고 고개를 끄덕였다. 식욕은 조금도 없었다. 잊고 있었던 메스꺼움이 다시 시작되려 했다.
"저, 일을 하려 해요."
왼쪽 옆에서 다케가와 의사가 쿡쿡 웃었다.
그녀는 의사를 돌아보았다.
전에 뒷마당에서 대화를 나눈 이래로 이 남자는 그녀와 별달리 친하지도 않고 서먹하지도 않은 모호한 경계선 위를 맴도는 듯 보였다. 신경질적일 듯한 희고 기름한 손가락이 거의 비어 가는 술잔 테두리를 톡톡 치고 있었다.

그는 그때 '우연히' 뒷마당에 온 것인가? 아니면 그녀의 행동을 어디선가 지켜보고 있었나? 그녀가 우물 가장자리에 앉아 쉰 것은 이 남자에게 대화를 시작할 좋은 실마리를 마련해주었나? 대화의 실마리? 그녀는 이 남자와 어떤 멋진 대화를 나누었다는 말인가.

그 일이 있고 난 뒤, 남편과 잡담을 하던 중에 은근슬쩍 의사 이야기를 꺼낸 적이 있었다. 그때 스기히코가 별 관심 없이 무심코 흘린 말을 그녀는 기억하고 있었다.

"그 돌팔이 의사 말이야? 그 녀석은 여자를 싫어해서 말이지, 그 어떤 여자를 봐도 학문적인 소감밖에 안 든다던데 과연 어디까지가 사실인지 몰라. 그런 말을 해서 여자한테 관심을 끌려는 게 아닐까. 그런 말을 들으면 되레 집적대보고 싶어지는 여자가 있잖아? 그 녀석은 그런 여자를 기다리는 거야."

그녀는 메스꺼움을 참고 자세를 바로잡았다. 그리고 애써 미소를 유지하며 의사의 잔에 맥주를 가득 따랐다.

"왜 웃으시지요, 선생님? 전 결코 결혼 전에 했던 일을 하겠다는 말이 아니었는데요."

"죄송합니다, 부인." 다케가와 의사는 순순히 사과했다. "변명 같지만 실은 부인 때문에 웃은 게 아닙니다. 스기히코 군 생각을 하고 가엾은 생각이 들었던 겁니다. 이런 대단한 집안의 후계자로 태어나고도 부인에게 얹혀살게 된 게 아닙니까. 이 대결은 보아하니 부인의 승리인 것 같군요. 부인은 이 게으름뱅이 도련님한테는 과분한 여성이십니다."

"하지만 실질적으로 여간 힘든 일이 아닐 텐데." 라쿠코가 말했다. "여자가 보통 직업을 갖고 일해서 남편을 먹여 살린다는 게 말이야. 어지간히 특수한 기능이라도 없는 한."

"특수한 기능이라면 이미 가진 걸 아낌없이 쓰면 될 것 아닌가. 그 편이 모든 남자들의 복지와 행복에 크게 기여할 것 같은데."

그렇게 말한 사람은 히다였다. 그는 이번에는 버섯 소스를 곁들인 간 요리를 앞에 둔 네로·울프처럼 처남의 부인을 바라보고 있었다.

라쿠코 부인은 남편의 발언을 묵살했고, 스기히코

부인은 짐짓 누구에게랄 것 없이 지극히 온화하게 항의했다.

"먹여 살린다는 말씀은 좀 그러네요. 남편도 일할 테니까요."

"일? 스기히코가?" 라쿠코는 웃음을 터뜨렸다. "이 애는 대학에도 변변히 가지 않은 애야. 이 나이 먹도록 아버지 회사에서 이름뿐인 직함이랑 월급을 얻고 그 몇 배가 넘는 용돈을 뜯어내서 쓰는 것 말고 이 애가 할 줄 아는 게 뭐가 있단 말이지? 그야 돈을 갖다 버릴 곳이라면 잘 알지. 경마라든지, 포커, 반 년 만에 싫증 내는 새 차……."

'스트립 걸도.'

그녀는 속으로 말을 받았다. '레노'의 비좁은 분장실에 홍수처럼 쏟아져 들었던 선물이 생각났다. 그는 꽃다발과 향수를 비롯해 외제 레이스 슬립과 루비 팔찌, 밍크 스톨까지 들여놓으려 했다. 그 대부분을 그녀는 '평소에도, 무대에서도 쓸데가 많지 않다.'는 이유로 돌려주었다.

그리고 또 하나.

그녀는 두려웠던 것이다. 그녀는 매우 겁이 났었

다. '신데렐라' 같은 말은 생각지도 않았다…….

"하지만." 그녀는 용기를 내서 시누이를 똑바로 보았다. "그이는 앞으로 정신 차리고 똑바로 살겠다고 했어요. 그걸 맹세해서 아버님께 저와의 결혼을 허락받을 생각이었는걸요."

라쿠코의 웃음소리는 더욱 화사해졌다.

"그래, 스기히코는 언제나 '앞으로'야. 아버지는 늘 그렇게 배신당하셨지. 회사 돈을 멋대로 쓴 게 들통 났을 때도 사원들 이목이 있으니 잠깐은 난리 치는 척했지만 어느새 잠잠해지고 말았잖아? 이 애가 여느 때처럼 '앞으로'는 잘하겠다고 우는 시늉을 했기 때문이야. 아버지는 이 애한테는 늘 참 물렀어. 답답할 정도로 말이야……. 하지만 이번만은 아버지도 심사가 단단히 틀리셨거든."

라쿠코는 요염한 표정으로 올케를 내려다보았다.

"결혼 문제는 뭐, 인정하시겠지. 마지못해서나마 말이야. 반대한들 어쩔 도리가 없잖아? 내가 옆에서 거들어줄 수도 있어. 아버지는 나한테 꼼짝 못 하시니까. 하지만 그 밖의 문제는 너희 내외가 알아서 처리할 일이지, 우리가 참견할 일은 아니야."

"그럼 아버님은…… 저희 결혼을 허락해주실 것 같단 말씀이군요!"

"그 대신 나한테 회사에서 나가라더군." 스기히코가 처음으로 입을 열었다. "생활비는 한 푼도 못 주겠다면서."

그는 엄지손톱을 잘근잘근 깨물고 있었다. 눈에는 증오심이 불탔다.

"뭐 어때?" 그녀는 머뭇머뭇 말했다. "둘이서 잘 해보자. 분명히 즐겁게 살 수 있을 거야."

그녀는 남편이 자기 말을 듣고 있지 않다는 것을 알았다.

스기히코는 누나와 다케가와 의사에게 사나운 눈길을 던지더니 내뱉듯이 말했다.

"난 마누라한테 얹혀살 필요 없어. 나한테는 이 집안을 물려받을 권리가 있으니까. 회사도 그렇지. 난 차를 몰고 다니고 갖고 싶은 걸 마음껏 살 수 있는 생활이 좋다고. 날 내쫓으려고 들면 아버지를 죽이고 말겠어."

그녀는 누군가의 잔에 맥주를 따르다 말고 병을 내려놓았다.

남편이 한 말은 그냥 농담이다. 여러분, 그런 식으로 저이 얼굴을 보시면 안 돼요. 저이는 만날 장난으로 그런 말을 해서 남을 놀래곤 하거든요. 저이는 점잖지 못하고 스릴 있는 농담을 좋아하는 것뿐이에요…….

 그녀는 메스꺼움이 밀려오는 것을 참았다. 메스꺼움은 골치 아픈 벌레처럼 그녀의 목을 기어 올라왔다.

 "그러시면 안 됩니다, 도련님." 유기 변호사가 진지하게 나무랐다. "아버님을 죽여봤자 경찰에 붙들리면 아무 소용이 없죠. 사장님도 불합리한 말씀을 하시는 게 아니잖습니까. 부모자식 간인데 아버님과 잘 말씀하시면 서로 이해할 수 있을 겁니다. 존속 살인을 했다간 사형을 면치 못합니다."

 보기보다 술이 세지 못한 듯한 히다 전무가 기분이 좋아서는 끼어들었다.

 "하지만 말이네, 유기. 경찰이 반드시 진범을 잡는 건 아닌 모양이던데. 내가 저번에 비서 애한테 빌려서 읽은 외국 탐정소설에선 죄도 없는 인간이 감옥에 들어가지 뭔가. 게다가 경찰에서 한번 잡고 나면 얼마 있다가 무죄가 밝혀져도 체면이 손상된다고 그냥 범인으로 꾸미더군. 그게 어느 나라 이야기였더라. 음, 그게 분명히……."

"당신이 읽은 하잘것없는 범죄소설 이야기는 됐어." 라쿠코 부인이 눈살을 찌푸렸다. "그런 책을 당신한테 빌려주는 여비서도 잘라버려."

"아니, 제법 괜찮은 애라고. 저번에도 내……."

히다 전무는 그 뒷말을 적당히 얼버무렸다.

라쿠코 부인은 이 문제에 관해 나중에 다시 추궁하기로 한 듯, 당면한 중대 문제로 되돌아갔다.

"죽일 테면 죽여봐." 라쿠코 부인은 서슴없이 말했다. "스기히코, 너라면 간단하잖아? 아버지한테 가서 이번엔 서커스에서 공굴리기를 하는 애를 첩으로 삼았다고 하면 아버지가 졸도해서 이번에야말로 숨을 거두실 거야. 우리가 다같이 자연사가 틀림없다고 증언해줄게. 사망 진단서도 다케가와 선생님 특기 아니니? 그러고 나서……."

라쿠코는 핸드백에서 켄트를 꺼내 한 개비 빼서는 불을 붙였다.

"유산은 적당히 나누면 되지. 선생님이나 유기 씨

한테도 입막음으로 얼마 드리는 거야. 싫다고 할 사람은 아무도 없을걸."

그러더니 라쿠코는 이 화제에서 최대이자 최후의 요소를 짚듯 천천히 덧붙였다.

"아무튼 이 집 재산으로 말하자면 억에 숫자가 몇 자리 더 붙을 정도니까."

이번에는 아무도 웃지 않았다.

무시무시하게 오래 지속될 것 같던 침묵을 깨뜨리고 스기히코가 문득 떠들기 시작했다.

"누나랑 다른 사람들이 그렇게 증언해줄지 아닐지 내가 어떻게 알지? 나한테 아버지를 죽이게 해놓고 경찰에 넘겨버리면 그다음은 누나네만 좋은 거 아니야? 누나네는 기회만 있으면 내가 실패하게 하려고 들지. 저번 회사 돈 일만 해도 그래. 그때도 매형이 부추겨서 그 말에 넘어간 거 아니야. 나 혼자 뒤집어쓰고 말았지만, 매형도 그때 투기하는 데엔 한몫했잖아. 게다가 누나는 그 뒤에 아버지한테 잘 말해주겠다고 그럴싸한 구실을 대면서 자기 남편 친척 계집애를 나한테 떠넘기려고 했지! 그래서 성공하면 자기들이 이 집을 맘대로 주무를 수 있을 가능성이 더 커지니까 그렇겠지."

"스기히코 씨, 그건 그렇지 않아요!"

내내 침묵을 지키고 있던 미사코가 처음으로 입을 열었으나, 스기히코는 거들떠보지도 않았다.

"아버지가 날 절대 회사에 못 두겠다고 우기면, 투기 건에 관해 전부 다 까발릴 테니까 그렇게 알아. 누나네가 야시마 산업 전무이사 내외로 무사히 있을 수 있는 건, 아버지가 늘 잘못은 스기히코한테 있다고 해주기 때문이라고."

"투기 건이라니 이거야 원, 참 대단한 트집이로군." 히다가 부루퉁한 표정으로 말했다. "도대체가 말이지, 스기히코 군, 자네 같은 인간이 중역 자리에 앉아 있을 수 있다는 건……."

"내가 미사코 양을 너한테 떠넘겼다니 말도 안 되는 소리!" 라쿠코 부인도 남편에게 질세라 투덜거렸다. "곱게 자라서 세상 물정도 모르는 이 아가씨를 너 같은 불량아한테 어떻게 떠넘긴다는 거지? 미사코 양이 널 좋아한다고 해서……."

"제발요, 아주머니."

"자, 이제 그만들 하시죠." 다케가와 의사가 말했

다.

 말싸움이 계속되는 동안 무관심한 표정으로 맥주 잔만 들여다보던 그는 더더욱 관심 없다는 태도로 말했다.

 "안 됩니다. 그만두십시오. 사장님 유산을 기대하는 건 당분간 무리입니다. 사장님은 대단히 정정하시고 심장에나 혈관에나 이렇다 할 이상이 보이지 않습니다. 화나게 하거나 겁을 주면 형편 좋게 멈추는 심장을 가진 사람이면 또 몰라도, 현재 사장님의 숨통을 끊어 놓으려면 머리통이라도 박살 내는 수밖에 없어요. 이래선 제가 아무리 돈에 환장하는 악당이라도 자연사란 진단서는 못 씁니다."

 "그러게 말이야. 이런 이야기는 그만두는 게 좋겠네."

 다시 흐리멍덩한 눈으로 돌아간 히다 전무가 고개를 끄덕였다.

 "산 인간의 머리통을 박살 내는 건 별로 좋은 일이 아니란 말이지. 스기히코 군이 얼마만큼 취향이 별난 난봉꾼인지는 내 모르겠네만, 그런 짓을 아무렇지도 않게 할 것 같지는 않군. 우리는 그 정도로 바보는 아니거든."

"그러니까 이럭저럭 평화롭게 살아갈 수 있는 거지." 라쿠코 부인이 대꾸했다. "당신도 내가 여비서 문제를 그냥 눈감아주고 말이야."

"그렇습니다. 양식 있고 관대한 사람들이기에 이렇게 화기애애하게 하룻저녁을 함께할 수 있는 겁니다. 인간은 모름지기 그래야죠."

유기 변호사가 안심한 듯 이야기를 맺었다.

스기히코는 아무 말도 하지 않았다.

그는 아내를 보고 있었다. 아내가 차츰 창백해지더니 방구석에서 웅크리듯 쓰러지는 것을 망연히 보고만 있었다.

다케가와 의사가 그의 시선이 향한 곳을 맨 먼저 깨달았다.

그녀는 토하고 싶었다. 맹렬히 토하고 싶었다. 그러나 토할 것이 없었다.

이윽고 천장이 빙글빙글 돌기 시작하고 방 전체가 회색 안개가 되어 자기를 뒤덮는 게 느껴졌다.

"부인, 왜 그러십니까?"

다케가와 의사의 목소리가 안개 너머 아득히 멀리

서 들려왔다.

*

 의식을 되찾았을 때, 남편의 얼굴이 가슴 바로 위 불빛 속에, 다케가와 의사와 노부의 얼굴이 그로부터 약간 떨어진 곳에 보였다.
 그녀는 레이스 슬립 차림으로 자기 침대에 누워 있고, 이마 위에는 젖은 타월이 얹어져 있었다. 그녀가 머리를 움직이는 바람에 타월이 베개로 떨어졌다.
 침실 안은 어둑어둑하고 흰색과 금색 갓을 씌운 플로어 스탠드만이 부드러운 빛의 고리를 주위에 던지고 있었다. 그녀의 옷이 의자에 걸쳐져 있었다.
 "내가 어떻게 된 거지?"
 그녀는 중얼거렸다. 메스꺼움은 많이 가라앉았다.
 "일어났는데 현기증이 나더니······."
 그녀는 남편을 올려다보았다.
 "미안해. 손님들 앞에서 그렇게 돼서 미안."
 스기히코는 기묘한, 감개무량한 표정으로 아내를 지켜보고 있었다. 베개 위에 놓인 그녀의 얼굴은 비쳐 보일 듯 창백하고, 눈 주위는 거뭇했다. 그것만 빼면 그녀는 매우 아름다워 보였다.

"그럴 만도 해." 그는 대답하며 베개에 떨어진 타월을 치워주었다. "못 알아차린 내가 문제지."

"아무것도 아니었는데. 졸도까지 할 줄은 몰랐어. 형님네는 가셨어?"

"자고 갈 거야. 히다 녀석, 곤드레만드레 취했거든. 처음부터 그럴 작정으로 온 거야."

"그럼 일어나서 보살펴 드려야겠네. 칠칠치 못한 며느리라고 생각하시겠어."

"당신은 여기 가만히 누워 있어야 해."

"어지러운 게 가라앉으면 일어나셔도 됩니다만, 무리하시면 안 됩니다."

다케가와 의사의 목소리가 들렸다.

그는 침대 발치 쪽 어둠 속에서 노부가 내미는 세숫대야의 더운물로 손을 씻고 있었다.

"진정제 주사만 놨으니 다음에 병원에 한번 가보시죠. 전 그쪽 전문이 아니라 말입니다."

"저…… 무슨 나쁜 병인가요?"

스기히코는 어이없다는 듯 아내를 보았다.

"당신 몰랐어? 아기가 생긴 거야."

"진찰한 건 아니니 확실히는 말할 수 없지만, 두 분이 만난 기간으로 보건대 그렇게 오래되진 않았을 겁니다. 결혼 직후에 임신하셨나 보군요……. 실은 저번부터 그렇지 않나 싶었습니다만, 저로선 뭐라 말할 수 없어서 말입니다."

의사는 그녀에게 음울하게 미소를 지어 보이고는, 노부가 건넨 타월로 손을 꼼꼼히 닦은 뒤 가방을 챙겨 문으로 다가갔다.

문간에서 그가 돌아보았다.

"스기히코 군, 부인이 임신했다는 사실을 아버님께 얼른 보고 드리는 게 좋겠네. 생활비 문제도 다시 생각해주실지 모르니까."

남편이 일어나 의사에게 달려가더니 뭐라 두어 마디 주고받는 것을 그녀는 침대에서 멍하니 바라보았다.

얼마 있다가 의사는 뒷정리를 마친 노부와 함께 조용히 방 밖으로 나갔다.

침대 곁으로 돌아와 바닥에 무릎을 꿇고 앉은 스기히코는 아내의 눈에 눈물이 맺힌 것을 보고 허둥지둥 도로 엉거주춤 일어섰다.

"힘들어? 토할 것 같으면 토하라고 저 녀석이 그러던데."

그녀는 고개를 흔들었다.

"배가 불러서도 할 수 있는 일이 있을까? 범위가 더 좁아지고 말았네."

"당신을 일하러 내보내진 않을 거야." 스기히코는 단호하게 말했다. "다시 한 번 아버지한테 부탁해볼게. 손주가…… 첫 손주가 태어난다는 걸 알면 아버지도 생각을 바꿀 게 틀림없어. 암, 그렇고말고."

"아버님께 무리하게 부탁을 드렸다가 더 노여움을 사는 일이 있어선 안 돼." 그녀의 목소리는 힘이 없었다. "출산 비용이랑 내가 일어나서 일하러 나갈 수 있을 때까지만 생활비를 어떻게 해주시면……."

"당신은 하여간 기저귀가 줄줄이 널린 싸구려 연립의 여편네 같은 소리를 하는군."

스기히코는 넌더리를 내는 표정을 지어 보였다.

"욕심 좀 부려 봐. 당신은 야시마 산업 외아들의 아내라고."

그는 아내의 속눈썹 끝에 걸린 작은 물방울을 손가

락으로 튕겼다.

그녀는 생긋 웃었다.

"그야 나도 욕심은 있어. 행복해지고 싶다는 큰 욕심이."

행복이란 정말 좋은 것이다! 그녀가 지금까지 맛본 것 같은 불행은 이제 두 번 다시 사절이다. 학교를 중퇴하고 찻집과 카바레를 전전하거나 '나체 춤' 테스트를 받는 것은 사절이다. 지배인의 비위를 맞추고, 매춘부나 다름없는 취급을 받고……. 그보다도 더 불쾌한 일들의 연속을 견디며 살아가는 것은 두 번 다시 사절이다. 정말이지, 인간은 행복하면 행복할수록 좋다.

그녀는 남편을 올려다보았다. 그는 이미 아내의 생각에 관심을 잃고 나지막이 휘파람을 불며 침대 옆 탁자 위의 야광시계를 들여다보고 있었다.

"9시 20분. 아버지는 아직 안 주무시겠군."

9시 20분. 그렇다면 그녀는 30분 가까이 정신을 잃었다는 뜻이다. 기절하기 직전에 있었던 일을 그녀는 돌이켜보았다.

다 같이 살인에 관해, 야시마 노인의 머리통을 박

살 내고 돈을 나눠 갖는다는 이야기를 했다. 아니, 머리통은 박살 내지 않기로 했던가? 대화의 마지막 부분은 그녀의 아직 약간 나른한 머릿속에 몽롱하고 흐릿하게 남아 있었다. 아무튼 그런 이야기를 듣는데 메스꺼움이 도저히 참을 수 없을 만큼 심해져 자리를 피하려고 일어서다가 현기증이 났다. 메스꺼움과 대화는 아무 관계도 없었다. 살인 이야기를, 특히 가공의 살인 이야기를 듣고 실신할 정도로 품위 있고 고상한 것은 아니었다. 그녀는 《레베카》뿐 아니라 《검은 천사》나 《애크로이드 살인사건》도 읽었다. 잘 쓴 살인 이야기나 범죄 이야기에는 묘하게 사람을 도취시키는, 가슴 설레게 하는 뭔가가 있게 마련이다. 절대로 덤벼들지 못할 우리 속의 맹수를 구경할 때처럼. 어쨌든 메스꺼움은 그와는 관계없는 일이다. 그것은 그녀의 조그만 아기 때문이었다.

그녀는 아기 생각을 했다. 아직 손가락 끝만 할 핏덩어리나 살점 한 토막에 불과할지도 모른다. 그러나 그것이 그녀의 아기다…….

연푸른 수국을 꽂은 커다란 항아리가 놓인 고풍스러운 화장대 앞에서 머리를 매만지던 스기히코가 돌아왔다. 그는 침대 위로 몸을 굽히고 아내의 이마에 가볍게 입을 맞추었다.

"별채에 갔다 올 테니까 여기서 얌전히 기다려."

"이제 아무렇지도 않아. 내려가서 손님들을 접대할게."

"그치들은 신경 쓸 거 없다니까. 그치들 생각을 하면 나까지 입덧이 날 것 같다고."

"그분들, 아기 이야기는 이미 아실까?"

"분명히 다케가와가 말했을걸. 누나나 히다나 꽤나 실망했을 테지. 이제 아버지도 당신을 쫓아낼 생각은 않을 테니까 그치들 계략이 이루어질 가능성이 없어진 거야. 자, 안심하고 내가 올 때까지 조용히 누워 있어."

"정말로 아버님 노여움을 더 돋우면 안 돼. 울컥해서 성급한 말이나 행동을 했다간 큰일이야."

"아버지한테 고함을 친 사람은 당신이라고." 스기히코는 씩 웃었다. "난 그렇게 성질 급한 짓은 안 해. 애 아버지가 될 테니까. 차분하게 잘할게."

"저, 여보……."

"왜?"

"이 애, 우리 애지? 당신이랑 내 애지……?"
"그거야 당연하잖아."
스기히코는 미소를 지었다.

그녀가 사랑했고 영원히 잃는 일 없기를 바랐던 그 미소였다.

그것을 잃지 않기 위해서라면 그녀는 어떤 일이건 할 생각이었다. **그게 무슨 일이 됐건**.

그는 벌써 아버지와 이야기가 다 된 양 무척 기분이 좋았다.

"우리 애가 아니면 안 되지."

그가 말했다.

제6장
산들바람과 나

"유산하고 나서 몸은 괜찮았습니까?"

오가타 경위가 물었다.

어색한 말투였다. 우리가 사이에 두고 앉아 있는, 아무 특징도 없는 울퉁불퉁한 나무 탁자 같은 말투였다.

그러나 나는 그의 호의를 알 수 있었다.

세이케 변호사도 나를 보고 있었다.

내가 그에게 고개를 돌리자, 그는 허둥지둥 시선을 피하고 벽의 어느 한 지점에서 별안간 관심을 끄는 것을 찾아낸 듯했다.

이 이야기만 나오면 다들 나를 종기 건드리듯 조심

조심 대하는 게 다소 우스꽝스러웠다.

 죄를 짓지도 않은 사람에게 사형을 선고했던 이들이 어째서 태어나기도 전에 죽고 만 작고 하찮은 아기를 그렇게 신경 쓰는 걸까?

 나는 생각을 바꾸고 지금 이 자리에서는 그런 식으로 생각하지 않기로 했다.

 적어도 지금 여기 나와 함께 있는 이들은 죽은 아기 못지않게 그 밖의 일도 열심히 생각해주는(아마도) 사람들이니까.

 "네, 그런 것 같아요."

 나는 대답했다. 나도 이제는 그런 식으로 대답할 수 있었다.

 "몸은 원래 튼튼했기 때문에 별일 없었지만, 얼마 동안은 심적인 충격이······."

 나를 똑바로 응시하던 경위는 이윽고 서둘러 연필을 고쳐 쥐었다.

 유능한 경찰관답게 그 또한 눈물 짜는 화제는 질색인 것이다. 유능한 변호사 또한 마찬가지다.

 세이케 변호사는 담배를 빼 물었다.

 그러나 불은 붙이지 않고 그냥 입술에 문 채 한동

안 굴리기만 했다. 그는 아무 말도 하지 않았다.

"그래서요?"

오가타 경위는 세이케 변호사에게 얼핏 눈길을 주더니 도로 나를 보며 아무렇지도 않은 듯 이야기를 재촉했다. 그러나 이제는 그가 이 이야기에 열중하기 시작한 것을 나는 알아차렸다.

그것이 나는 무척 뜻밖이었다.

세이케 변호사는 뜻밖이 아닌가? 경위의 반응은 그가 사전에 철저하게 계산한 대로 쏴 올린 작은 불꽃이라는 말인가? 이제 곧 더 극적인 장면이 닥쳐올 것이라고 믿어 의심치 않는다는 말인가?

오가타 경위는 내 생각 따위 아랑곳하지 않고 수첩을 한 장 넘겼다.

"이제 핵심에 접어든 셈인데, 문제는 그 뒤 당신이 했던 진술입니다. 맨 처음 조서에서 당신은, '그 뒤 얼마 있다가 일어났더니 남편이 시누이 및 유기 변호사와 함께 별채 쪽으로 가는 게 보였습니다. 그 뒤로는 한밤중에 화장실에 가느라 한 번 일어난 게 전부입니다.' 하더니 그다음에는 '실은 한밤중에 저도 별채로 갔습니다.'라고 했다가, 법정에서 추궁을 당하자 착란 상태에 빠져 '아무도 내 말을 믿어주지 않아요.' 하고 소리만 지르는 판국이었죠. 대체 어떻게 된 일입니까? 이런 경우, 저희는 당신이 남편을 감싸주려는 심리에 의해 행동하리라는 건 처음부터 계산에 넣습니다만, 어쨌든 당신 자신의 모호하기 그지없는 발언이 되레 수사와 심리審理를 혼란에 빠뜨리고 진범을 은폐했다는 사실은 부정할 수 없습니다."

"죄송합니다. 그땐 그만 이성을 잃는 바람에." 나는 사과했다. "그땐 저도 어쩌면 좋을지 알 수 없었어요. 좌우지간 남편의 범행처럼 보이게 꾸민 인간을 찾아내는 데만 급급해서……. 만에 하나라도 남편이 의심을 받는 일이 있어선 안 된다는 생각밖에 없었습니다."

내 이런 변명을 경위는 이미 오래전에 신물이 날 정도로 들었을 터였다. 나는 이 말을 수도 없이 되풀이했기 때문이다.

솔직히 말해서 나 자신도 이 말에는 이미 신물이 났다…….

"그럼 당신은 남편이 침실에서 나간 뒤 얼마 있다

가 일어났군요?"

"네, 속옷 차림으로 잘 순 없으니 잠옷으로 갈아입으려고 침대에서 나왔습니다."

"당신 부부가 쓰는 침실 창문으로는 정원과, 정원을 통과해 별채로 이어지는 오솔길이 내려다보입니다. 별채에 있는 시아버지의 방 창문도 정원수에 가려지기는 해도 일단 보이긴 하죠. 별채로 오가는 사람은 그 오솔길을 지날 수밖에 없습니다. 별채엔 현관, 그리고 다실의 무릎걸음 출입구, 이렇게 출입구가 둘 있지만, 다실 쪽 문은 벌써 몇 년째 연 적이 없습니다. 별채 뒤는 산림으로 이어지는 가파른 적토 절벽이죠?"

"네. 전 옷장 쪽으로 가다 말고 문득 창 밑을 내려다봤습니다. 그때 세 사람의 그림자가 오솔길을 따라 별채 쪽으로 가는 게 보인 거예요. 달밤이었을뿐더러 별채 창문도 환했고 오솔길엔 야간등도 켜져 있었기 때문에 그 모습을 잘 볼 수 있었습니다."

"남편 분과 시누이 분은 격하게 말다툼을 벌이고 있고, 유기 변호사가 싸움을 말리듯 손으로 제지하면서 따라가고 있었다……. 첫 조서에서 당신은 그

부분도 일부러 감췄습니다만."

"남편한테 불리한 이야기는 안 하는 게 낫다고 단순하게 생각했던 거예요. 세 사람이 정원수 너머로 사라지는 걸 바라보던 제 마음에 희미하게 걱정이 일었지만, 전 그 걱정을 지워버렸습니다. '이제 됐다. 내가 나설 차례는 이미 끝났다. 난 남편한테 전부 맡기고 가만히 기다리고만 있으면 된다.'라고요. 전 잠옷으로 갈아입고는 아직 다리가 약간 후들거리는 것 같길래 플로어 스탠드를 끄고 도로 침대에 누웠습니다. 그러고 있으니까 어지럽지도 않고, 메스꺼운 것도 가라앉았습니다. 전 피곤하고 축 늘어져 있었지만 무척 만족스러운 기분이었어요.

열린 창문으로 6월의 밤바람이 불어 들고, 정원 어두운 곳의 골풀 밑에선 어린 개구리가 조심스럽게 울고 있었습니다. 달이 하늘에 떠 있고, 주위는 매우 조용하고, 응접실 쪽에선 나지막한 기타 반주에 맞춰 노랫소리가 들려왔습니다. '언젠가 당신은 다시 돌아오리니, 그때까지 내 마음은······.' 미사코 씨가 무료함을 달래려고 오디오를 튼 걸까요. 여름이 되면 사람들이 무심코 흥얼거리는 와이키키의 그 옛날 사랑 노래예요. 전 그것까지 시끄럽다고 생각하진 않았습니다. 아래층에 손님들을 그냥 두고 온 것, 시누이가 결코 절 좋아하지 않는다는 것, 그리고 미사코 씨……. 그런 건 죄다 제 머리에서 사라져버렸습니다.

전 얇은 네글리제 위로 배에 손을 살짝 얹고 똑바로 누운 채 갓난아기 생각만 했습니다. 아침에 잔디밭에서 발견한 네 잎 클로버가 생각나서 제 아기는 행복해질 게 틀림없다고 확신했어요. 지난 두 달 남짓 동안 처음으로 평안한 잠이 찾아오려는 걸 알겠더군요. 전 눈을 감고 미래만 생각하려고 애썼습니다. 이윽고…… 거품이 일며 물가의 모래알에 스며드는 어두운 물처럼 잠이 제 눈꺼풀에 스며들었습니다. 전 저도 모르는 사이에 잠이 들고 말았습니다……."

제7장
시체

 다음에 눈을 떴을 때, 그녀는 방 안이 썰렁한 것을 깨달았다. 열어 놓은 창문으로 달빛이 비쳐들었다.
 '그이는 왜 창문을 닫아주지 않았지?'
 그녀는 옆 침대를 보았다. 남편은 그곳에 있었다. 깊이 잠든 듯 보였다. 아무렇게나 벗어 놓은 와이셔츠와 양말이 여기저기에 흩어져 있었다. 집 안팎은 쥐 죽은 듯 고요하고, 개구리 울음도 오디오의 음악도 들리지 않았다.
 그녀는 일어나 슬리퍼를 신고 옆에 있던 하얀 시폰 나이트가운을 걸쳤다. 초여름이라고는 하지만, 교외 언덕배기의 밤은 생각지도 못하게 추울 때가 있다.

그녀는 시계를 보았다.

'12시 3분……. 이이는 언제 돌아왔을까? 이야기는 잘됐나?'

흔들어 깨우면서까지 결과를 묻기는 망설여졌다. 남편도 피곤해 잠이 든 것이다. 어차피 내일 아침이면 모든 것이 분명해질 것이다.

그녀는 소리 나지 않게 창문을 닫고 커튼을 쳤다. 별채 창문에 불빛이 보였다. 시아버지는 아직 자지 않는 모양이다.

한잠 잔 탓인지 몸은 개운했다. 화장과 머리 모두 그대로인 것이 생각나니 갑자기 신경 쓰이기 시작했다. 아래층 세면실로 가서 얼굴과 손을 씻고 싶었다.

그녀는 가운 앞섶을 느슨하게 여미며 살며시 복도로 나가 계단을 내려갔다.

세면실은 복도 막다른 곳에 있었다. 탈의실을 끼고 그 옆은 욕실이었다. 복도 양옆으로 거실, 응접실, 서재, 손님용 다다미방, 가정부 방, 부엌 등이 늘어서 있는데, 어느 방이나 모두 어둡고 조용했다.

시누이 부부와 미사코는 다다미방에 자리를 깔고 지고 있을 것이다.

유기 씨는 힐먼을 차고에서 꺼내 집으로 돌아갔나? 한밤중의 드라이브는 그 나이에 꽤나 힘들 텐데.

 다케가와 의사는? 그는 돌아갔을지도 모르고, 응접실 바에서 곤드레만드레 취하도록 마시다가 소파에 곯아떨어져 있을지도 모른다. 가정부에게 담요를 갖다 달래서 응접실 소파에서 하룻밤을 지내는 게 그의 장기다.

 그녀는 유연한 고양이처럼 복도를 걸어갔다. 발소리가 나지 않게 걷는 것도 이 집에 온 뒤로 어느새 생긴 버릇이었다. 침실용 슬리퍼는 그 목적으로 매우 편리했다.

 '누가 세면실 불을 그냥 켜놨네.'

 세면실 옆 탈의실도, 그 너머 욕실도 불이 환히 밝혀져 있음을 깨달은 것은 세면실에서 수도꼭지를 틀려고 손을 뻗었을 때였다.

 찰방찰방 하는 소리가 욕실 쪽에서 들려왔다. 목욕 중인 사람이 심심해서 손바닥에 물을 떴다가 쏟는 듯한, 또는 물 표면을 손가락으로 가볍게 때리는 듯한 소리. 밤의 정적 속이 아니었으면 듣지 못했을 것 같은 작은 소리…….

　수도꼭지에 손을 얹은 채, 그녀는 정면을 바라보았다. 세면대 위에 달린 큰 거울에는 젊은 여자의 망설이는 듯한 어두운 얼굴이 비쳤다. 거울 앞 선반에는 전기면도기와 로션 병 틈에 섞여 새로 뜯은 겔랑 비누 빈 상자가 하나. 제비꽃 향기가 나는 가루비누가 그 옆에 조금 떨어져 있었다.

　탈의실과 세면실 사이의 문은 반쯤 열려 있었다. 그녀는 소리 없이 우두커니 서 있었다…….

　찰방찰방 하는 소리와 함께 은밀한 여자 목소리가 들렸다.

　"난 이렇게 밤늦은 시간에 목욕하는 걸 아주 좋아하거든. 생각을 하면서 오래오래 느긋이 몸을 담그는 거지. 시세가 새것이라고 해서 오늘 밤 여기서도 목욕할 마음이 든 거란다."

　"아주머니는 어떤 생각을 하시는데요?"

　"여러 가지야…… 아주 좋은 생각이 날 때도 있어요."

　"예를 들면요?"

　"예를 들면 그 여자 뱃속의 애라든지."

"임신하셨다죠, 그분……. 스기히코 씨가 좋아하겠어요."

"바보가 따로 없지."

"네?"

"그 팔푼이는 다른 사내가 더럽힌 밭을 떠맡고 좋아서 어쩔 줄 모르는 거야."

"……그게 무슨 말씀이세요, 아주머니."

"너도 참 철부지구나. 태어날 애가 스기히코 애가 맞는지 아닌지 알 게 뭐냐는 뜻이야. 애가 들어선 것도 너무 빠르잖니. 아무리 그것밖에 재주가 없어도 그렇지."

물을 떴다가 쏟는 소리, 목욕 중인 여자가 온몸에 따스한 장밋빛 피가 돌기를 기다리는 사이에 나른하게 손가락을 담가 물을 흐트러뜨리는 소리…….

"그렇지만…… 결혼하신 건 4월 말이었지만 만난 건 그보다 조금 전이잖아요? 제 친구 중에 두 달도 되기 전에 입덧이 너무 심해서 힘들었다는 사람도 있었는걸요."

"그야 그 여자 같으면 스기히코랑 처음 만난 그날로 바로 잤겠지. 그런 게 그런 여자들의 좋은 점이라니까 말이야. 그것과 똑같은 일을 그 전에 어디의 누구와 얼마만큼 했을지, 그 바보는 왜 생각을 안 해보는 걸까?"

"하지만 그분, 그런 사람 같지 않던데요. 아주 좋은 분 같아요."

"아유 참, 너 같은 아가씨는 남들도 다 자기처럼 산다고 생각한다니까. 뭣보다도…… 네가 그런 소리를 하면 어떻게 하니? 넌 그 여자한테 스기히코를 빼앗긴 거 아니야? 그런 닳아빠진 여자한테 걸려드는 꼴을 보니 차라리 너랑 어떻게든 결혼시킬 걸 그랬구나. 난 그 여자가 숨죽이고 이쪽 눈치를 살피는 걸 보면 등골이 오싹하더라. 뭐라고 하면 좋을까, 우리 환심을 사고 싶어서, 전 착한 애예요, 이 집을 위해 최선을 다하겠어요, 같은 말을 싸구려 깃발처럼 휘두르는 게 똑똑하게 느껴지는 거야. 그러면서 속으론 이 집 재산을 단 1초도 잊은 적이 없을 게 분명해……. 스기히코는 그 여자 손아귀에 완전히 잡혔지만, 그 애도 근본은 도련님이거든. 애에 관해 눈치를 채면 아무리 그래도 정신 차릴 테니까, 그러면 그때 너랑 결혼시키마. 이래 봬도 난 누나로서 동생을 걱정하는 거야. 스기히코는 너도 알다시피 아무것도 모르는 애니까 우리가 하는 일을 하나부터 열까지 비딱하게 받아들이지만 말이지……. 그 여자 일은 그 애의 마지막 도락으로 치고 잊어주렴. 그게 아니어도 넌 '그런 스기히코 씨가 좋다.'라고 했으니 말이야. 그렇게 되면 아버지도 좋아하실 테고 만사가 다 잘 해결될 거야."

"하지만…… 스기히코 씨 애가 아니란 게 확실한 것도 아닌데 가엾어요. 게다가 그분, 스기히코 씨를 진심으로 사랑하는 것처럼 보이던걸요."

"어머, 너도 스기히코를 '진심으로 사랑하는' 것 아니었어?"

"스기히코 씨는 절 싫어하세요."

"그럴 리가 있니? 그때 둘이서 자주 춤추러 가곤 했잖아. 너희 둘이 뒷마당에서 즐겁게 지내는 모습도 내가 한두 번 본 게 아닌데."

"그때는 저희 둘 다 어렸던 거예요……. 하지만 아주머니가 그 사람에 대한 제 마음을 넌지시 비친 뒤로 그 사람은 저에게서 멀어지고 말았어요."

"무슨 소리야? 다들 너랑 스기히코가 결혼할 줄

알았는데, 널 싫어하다니. 만약 정말 그렇다면 그 애가 보는 눈이 없어서 그런 거란다. 너랑 결혼하면 집이나 회사에도, 자기한테도 얼마나 득이 될지, 그런 데까지 생각이 미치질 못하는 거야. 그 비비 꼬인 녀석은 내가 너랑 결혼 이야기를 비치지만 않았으면 되레 순순히 널 원했을지도 몰라. 그런데도 내가 사이에 있다는 걸 알자마자 심통이 나선 어디서 그런 여자나 주워 오고 말이지……. 바꿔 말하면, 그 애가 그 여자를 주워 온 건 그냥 우리한테 시위하는 것일 뿐이란다. 그 애는 네가 아닌 여자라면, 너랑 정반대인 여자라면 누구든 상관없다는 식으로 그 여자를 고른 게 아니겠니. 그래, 그 애는 그 여자가 아니어도 상관없는 거야. 저만 아는 고집쟁이 녀석이 할 법한 일이야. 뭐, 어쨌든 임신이 좋은 계기를 마련해준 셈이지. 내가 다케가와한테 꼬치꼬치 캐물었는데 다케가와도 확실히는 말 못하더구나. 아까 별채에 갔을 때도 내가 그 문제를 확실히 해놨어. 아버지도 언짢은 얼굴로 들으셨고. 아니, 설사 그게 스기히코 애라도 그래. 그런 여자가 이 집에 발을 들여놓는 꼴을 내가 그냥 보고만 있을 것 같니? 너도 스기히코를 포기하지 않았을 거 아니야? 그럼 그 여자를 쫓아내는 데 협조하렴. 그야 나쁜 여자가 아닐지도 모르지. 정말로 스기히코를 사랑할지도 모르고. 하지만 그 여자는 사람한테 각각 타고난 분수란 게 있다는 걸 알아야 해. 그 여자는 자기 분수를 모른 거야. 미소나 달콤한 말이 어리석은 사내들 마음을 녹이듯, 그 여자는 사람의 분수를 녹여서 그 경계를 넘을 수 있다고 생각해. 하지만 그 여자는 우리 세계에 들어올 수 없어. 들어와선 안 되는 거야."

바가지가 맞부딪치는 소리, 물이 쏟아져 나오는 소리가 났지만 그녀는 거기까지는 듣지 않았다.

소리를 내지 않고 복도로 나올 수 있었던 것은 순전히 요행이었다. 손의 떨림이 그칠 줄 몰랐다. 그녀는 손을 가슴에 억지로 갖다 댔다. 양 유방을 꽉 끌어안듯 했다.

'부들부들 떨면서 뻣뻣하게 서서 화내고 있을 때가 아니야.' 그녀는 자신을 타일렀다. '바로 아버님께 가서 말씀드리자! 이 애는 스기히코의 애가 분명하다고, 누가 뭐라 하든 틀림없다고.'

그녀는 어두운 복도를 비척비척 걸어갔다. 별채로

가려면 현관문을 열거나 뒷문을 지나거나 응접실 밖 테라스를 통해 정원으로 나가야 한다. 뒷문을 열면 가정부가 깰 테고 현관문을 열기는 망설여지니 응접실로 나가자. 테라스로 이어지는 프랑스식 창문을 열면 바로 오솔길이 나온다. 이제 12시가 막 지났을 뿐이니 시아버지는…… 아니, 조금 전까지 별채에 불이 켜져 있었다. 그러니 지금 바로 가면…….

응접실 불을 켤 필요는 없었다. 달빛이 창문 가득 환히 비쳐들었다.

그녀는 동요한 나머지 소파에 부딪쳐 손을 짚었다. 손에 뭔가 닿았다. 인간의 다리였다.

다리가 천천히 방향을 바꿔 다시 꼬였다. 소파에서 다케가와 의사가 일어나 앉았다.

다케가와 의사는 달빛이 비쳐드는 응접실을 보더니 눈을 슴벅거렸다.

"이거 놀랐는데요. 부인이셨습니까."

"죄송해요, 주무시는데. 전혀 몰랐어요."

"아닙니다, 이런 데 뻗어 있을 줄은 저도 몰랐습니다."

의사는 몸을 부르르 떨더니 하품을 참으며 손목에 찬 시계를 보았다.

 바에도 소파 앞 나지막한 테이블에도 술잔과 술병, 녹은 얼음이 든 은제 얼음통, 꽁초가 수북이 쌓인 재떨이 등이 흩어져 있었다. 꽁초 몇 개는 재떨이에서 밀려 나와 테이블 위에 지저분한 검은 재를 떨어뜨리고, 또 몇 개는 필터 끝이 희미한 붉은색으로 물들어 있었다.

 다케가와 의사는 얼굴을 찡그리고 그것을 둘러본 뒤, 다시 그녀에게 시선을 돌렸다.

 "이런 시간에 정원에 나가시는 겁니까?"

 이 사람은 타인이 하는 일에 관심이 과하다고 그녀는 생각했다. 아니, 이런 시간에 나이트가운 차림으로 정원에 나가려는 여자를 보면 누구나 그런 얼굴을 할까?

 '왜 날 그렇게 뚫어지게 쳐다보는 걸까?'

 "아뇨, 별채에……."

 "저런…… 하지만 사장님은 주무실 텐데요."

 "불이 켜져 있는 게 보였거든요."

 "깜박 잊고 못 끄신 건지도 모릅니다. 부인, 무슨

하실 말씀이 있는지는 모르지만 이런 시간에 구태여 노인을 깨울 건 없잖습니까. 어떻습니까, 저기 바에서 한잔……. 아차, 그렇군요. 부인은 술을 마시면 안 되는 몸이었죠. 그럼 그냥 상대만 해주셔도 됩니다. 그건 그렇고 어떻습니까? 몸은 좀 나아지셨습니까?"

"아, 그렇네요. 아까 감사했습니다. 덕분에 다 나았어요. 하지만 지금은 좀 급해서요."

"아니, 그러지 마시고 이쪽으로 와서 좀 있다 가시죠."

"전 당신한테 서비스해야 할 의무는 없습니다."

그녀는 조금 발끈해서 대답했다.

의사는 칼라 단추를 풀며 천천히 일어섰다.

"꽤나 매몰차게 대하십니다만, 같이 한잔하자는 것뿐인데 그렇게 방정한 척 거절할 만큼 정숙하게 자란 것도 아닐 텐데요? 게다가 아까……."

그는 가볍게 트림했다.

"제가 여기서 혼자 술 마시고 있을 때 히다 부인이 와서 뭘 물었는지 알면 절 그렇게 매몰차게 대하진 못할 겁니다."

그녀는 의사를 돌아보았다. 그녀의 동공은 어둠을 살피는 고양이의 눈처럼 뭔가를 탐색하고 있었다. 그녀는 애써 온건하게, 천천히 말했다.

"제 말씨가 거슬리셨다면 사과드리지요. 그렇지만 전 춤추던 시절에도 아무하고나 사귀진 않았어요. 그리고 지금은 야시마의 아내입니다, 미미 로이가 아니라."

"그렇죠. 부인은 아닌 게 아니라 야시마 가의 영부인입니다. 현재로선 분명히 그렇죠. 행실 바르고 정숙한 야시마 스기히코 부인. 진창 속에 핀 한 떨기 순결한 꽃, 야시마 스기히코 부인인가요. 하지만 부인, 부인은 정말 순결했습니까? 춤추던 시절에 정말 아무하고나 사귀지 않았나요?"

"취하셨군요." 그녀는 낮은 목소리로 말했다. "아까 하신 말씀도 역시 농담이신가요? 형님과 당신이 한 이야기 때문에 제가 당신한테 다정하게 대해야 한다는 것도."

"꼭 그래야 하는 건 아니죠. 부인이 그럴 필요가 없다고 하신다면 그걸로 끝이니 제가 강요할 자격은 없습니다."

다케가와 의사는 그녀 바로 앞에 섰다. 의사가 매우 키가 크다는 것을 그녀는 처음으로 깨달았다. 그녀의 머리는 그의 가슴께에 겨우 닿는 정도였다.

"라쿠코 부인은 부인의 임신 소식을 듣자마자 그에 관해 참으로 흥미로운 질문을 연달아 던지시더군요. 그렇지만 어쨌든 전 산부인과 의사로서 여기 온 게 아니니까, 어느 질문에나 '단정은 할 수 없지만'이란 서두를 붙일 수밖에 없었습니다. 예전에 좀 불미스러운 짓을 한 덕분에 지금은 내과 일반의가 된 이 저도, 부인 몸이 이미 명확히 임신 4개월에 접어들었다는 걸 알 수 있었다는 말은 물론 한마디도 안 했다는 겁니다."

"……."

"앞으로도 제가 말을 않게 하려면 간단합니다. 뿐만 아니라, 부인이 마음먹기에 따라선 라쿠코 부인의 저의가 다분히 있는 억측을 '의학적 증명'이란 대의명분 아래 일축할 수도 있고, 잘 아는 산부인과 의사를 소개해 드릴 수도 있거든요. 2개월과 4개월의 차라면 그렇게 크지 않습니다. 특히 초산일 경우는 계산이 원래 잘 안 맞게 마련이죠. 하지만 그건 그렇다 치고, 부인은 전에 저한테 이런 말씀을 하셨죠. 부인과 스기히코 군은 올 4월 초까진 얼굴도 모르는 사이였다고. 그리고 제가 이 댁의 충실한 주치의로서 이 댁 혈통의 정당성을 대단히 중히 여겨야 한다면, 문제는 다소 커진단 말이죠. 스기히코 군은 아무것도 몰랐던 겁니까, 부인? 하지만 사실이 그러니 어쩔 수 없어요. 스기히코 군이 부인을 처음 만났을 때, '레노'의 미미 로이는 이미 임신 중이었던 겁니다."

온몸의 힘이 쫙 빠졌다.

조금 전 세면실에서 치밀었던 것은 노여움이었다. 세찬 노여움과 '이까짓 것!' 하는 투지였다.

그러나 지금 그녀의 뇌리를 맴도는 것은 암담한 실의였다…….

그녀는 손으로 소파 등받이를 짚었다. 쓰러질 듯한 몸을, 그 손에 온몸의 힘을 실어 버텼다.

'정신 차려야 한다. 여기까지 와서 지면 안 된다. 무슨 일이 있어서 져선 안 된다.'

그녀의 어깨를 강한 힘이 부축했다. 소독약 냄새가 나고 마디가 울퉁불퉁한 하얀 손가락의 힘이.

"부인한테 불리한 말은 안 하겠습니다." 의사가 속삭였다. "부인이 무사히 출산해 이 댁 며느리 자리와 재산을 확실하게 손에 넣는 날까지 협조하죠……. 부인도 기껏 각오하고 이 댁에 들어왔을 것 아닙니까. 뱃속의 아이가 어느 박정한 녀석의 씨인지는 모르지만, 야시마 가의 귀한 손주로서 양지바른 길을 걷게 하고 싶은 마음은 간절하지 않겠습니까?"

"잠자코…… 계셔주겠다는 말씀이신가요?"

"'입이 찢어지는 한이 있어도'라고 말씀드리고 싶지만, 유감스럽게도 저도 남들 못지않게 치사한 사내라 말입니다. 이런 거래엔 반드시 조건을 내걸거든요."

손가락에 들어간 힘이 더욱 세졌다.

"미미 로이, 당신은 멋집니다. 지금껏 갖고 싶다는 생각이 든 유일한 여자가 당신입니다. 당신이 이 집에 온 날부터 전 당신을 이 팔에 안는 생각만 했습니다. 전 박사 학위를 따려던 뜻도 이루지 못했을뿐더러, 오래전에 무허가 중절을 하다 걸리는 바람에 지금은 세상으로부터 버림받은 돌팔이 의사입니다. 제가 이 댁에서 먹고살 수 있는 건, 제가 이 댁 못지않게 좋은 집안 출신인 데다 이 댁 사람들이 별로 아프지 않기 때문이죠. 몰락한 제 생가는 가문 좋은 것하고 돈 없는 걸로는 일품이란 말을 듣던 집이거든요. 다행히 양가 부모가 서로 흉금을 터놓고 지내던 사이라, 저도 야시마 재벌의 여덕을 봐서 학비를 비롯해 이것저것 이 댁 신세를 많이 졌습니다. 하기야 그런 건 방탕한 이 댁 도련님이 물 쓰듯 써대는 돈에 비하면 가소로운 액수에 불과하지만 말이죠. 그렇지만 전 언제나 그 친구한테 양보하면서, 그 친구한테 열등감을 느끼면서 살아왔다고 할 수 있거든요. 전 수재는 아니었을지 몰라도 최소한 누구처럼 저능한 난봉꾼은 아니었습니다. 그런데도 전 늘 그 친구한테 머리를 숙이면서……. 미안합니다, 이런 이야기는 그만두죠. 어쨌든 그 친구는 제 은인의 아들이려니와, 당신한테는 사랑하는 남편이니까요. 전 그저 그 친구 걸 빼앗는 게 저한테는 육욕 이상의 쾌감을 준다는 걸 당신한테 알리고 싶었던 겁니다. 이렇게 훌륭하고 이렇게 충실한 그 친구의 소유물을 말이죠."

의사의 손가락이 천천히 그녀의 등을 타고 미끄러

지듯 내려갔다. 억양 없는 목소리는 밀어인지, 푸념인지, 저주인지 알 수 없는 일종의 황량한 어조를 띠고 있었다.

"그렇지만 지금의 전 그 친구한테 대들 힘이 없어요. 이 댁 주치의란 아주 고마운 자리를 잃었다간 전 아마 환자를 한 명도 못 받게 될 테죠. 전 당신의 비밀이나 야심을 망쳐 놓을 생각은 털끝만큼도 없습니다. 한 번만이라도 됩니다. 당신을 미미 로이로서 안기만 하면, 그리고 당신이 이 댁 안주인으로서 저라는 '고용인'의 목이 오래오래 붙어 있게 하자고 생각만 해준다면, 전 부인한테 기꺼이 협조하겠습니다."

희고 긴 열 손가락 속에서 그녀의 어깨가 힘을 잃고 축 늘어졌다.

그녀는 목이 부러져 죽은 작은 새처럼 의사의 가슴에 머리를 힘없이 떨어뜨렸다.

"그이를 속일 생각은 없었어요."

그녀의 목소리는 매우 낮고 가냘팠다. 그녀의 몸은 열병 환자처럼 부들부들 떨리기 시작했다.

"그이는 과거를 끈질기게 캐묻거나 하지 않았고, 저도 제가 임신했다는 걸 분명하게 알고 있었던 건 아니에요. 한 한 달 컨디션이 안 좋은 건 저희 같은 일을 하는 사람들한테는 흔히 있는 일이었거든요. 게다가 만약, 혹시, 정말 임신했으면 어쩌나 생각하니까……."

그녀는 가볍게 숨을 헐떡였다.

"이 아이에게 어떻게 해서든 아버지를 만들어주고 싶었습니다. 절 노리개로 삼아 갖고 놀다가 버리고 간, 돈도 애정도 없는 짐승이 아니라 자상하고 훌륭한 아버지를."

*

야시마 스기히코 부인이 6월 8일 밤, 엄밀히 말하면 6월 9일 오전 0시 18분경에 응접실의 프랑스식 창문을 통해 테라스로, 그리고 오솔길로, 도망치듯 나갈 수 있었던 것은 다케가와 의사의 품에 몸을 맡기면서도 그가 밀어붙이는 위스키 내 나는 입술을 무의식중에 피해 가볍게 몸싸움을 벌이던 중에 의사가 문득 힘을 뺐기 때문이었다.

그는 뭔가에 정신이 팔린 양 정원 쪽으로 눈길을

주며 그녀의 어깨를 놓았다.

그녀는 뒤로 물러나 프랑스식 창문에 등을 돌린 채 헝클어진 머리와 옷깃을 가다듬고 숨을 몰아쉬며 소곤거렸다. 잠깐 동안 그녀는 예전의 고혹적인 미미 로이로 돌아간 듯 보였다. '레노'의 어둑어둑한 분장실 뒤에서 가터벨트 매무새를 고치며 몇몇 남자들을 은근한 시선으로 올려다보고 비슷한 말을 한 적이 있는, 그 피폐하고 아름다운 여자로.

"왜 이렇게 난폭해요? 꼭 오늘 밤이 아니어도……."

의사는 소파에 앉아 술이 남아 있는 술잔 중 하나를 집어 단숨에 마셨다.

"어서 별채로 가시죠. 전 아침이 될 때까지 좀 더 자겠습니다."

그녀는 프랑스식 창문을 열려 와들와들 떨리는 손을 뻗으며 다시 한 번 돌아보았으나, 의사는 이미 소파에 길게 드러누워 있었다.

'이 사람이 하는 일은 언제나 아주 약간씩 영문을 알 수 없는 데가 있어…….'

문이 간단히 열린 것을 그녀는 문득 이상하게 생각했다. 문이 잠겨 있지 않았던 것이다. 가정부가 깜박 잊고 잠그지 않았나?

아니, 세 사람이 별채에서 본채로 돌아왔을 때 여기로 들어왔나 보다. 그때 아무도 문을 잠그지 않았던 것이다.

테라스에 비치된 샌들 몇 켤레 중 하나로 갈아 신은 그녀는 가운 자락을 신경 쓰며 오솔길을 달려갔다. 달빛 아래 그녀의 모습은 흡사 커다란 흰 무궁화 한 송이가 둥둥 떠가는 것 같았다.

초여름 심야의 캄캄하고 서늘한 어둠이 주위에 자욱했다. 달빛과 야간등 덕에 발밑이 안 보이지는 않았다.

별채 현관의 문살문이 5센티미터쯤 열려 있었다. 복도의 불빛이 그 틈으로 비스듬히 흘러나왔다. 그녀는 주위를 둘러본 다음 용기를 내 안으로 들어가서는 문을 꽉 닫았다.

별채에는 방이 두 개 있었다. 하나는 야시마 노인이 기거하는 다섯 평쯤 되는 다다미방이고, 그 옆에 아담한 다실이 있었다. 불이 켜져 있는 곳은 복도와 노인의 방이었다. 불빛은 노能, 〈야시마〉에서 따와 파도치는 바다에 갈매기를 배치하고 '전쟁터의 함성으로 들렸던 것은 갯바람이리니'라는 구절을 곁들인 투각 채광창으로 환하게 흘러나왔다.

그녀는 두근거리는 심장을 진정시켰다.

대체 어떻게 이 밤중에 이런 차림새로 노인 앞에 나서겠다는 말인가? 불현듯 두려워진 그녀는 이대로 도망칠까 생각했다. 그녀는 안무도, 신호도 모른 채 객석 한복판으로 올라온 꼴불견 외톨이 스트리퍼였다. 도망칠 곳은 없다. 쏟아지는 조소 속에서 치마를 벗을 뿐이다…….

"아버님."

그녀는 장지문을 열었다.

정교하게 장식된 다다미방이었다. 그 중앙에 동쪽에 면한, 밑 부분에 유리를 끼운 장지를 배경으로 야시마 노인의 잠자리가 깔려 있었다. 류머티즘을 앓는 노인은 최근에는 낮에도 그 위에 있을 때가 많았다.

야시마 노인은 그때도 그곳에 있었다. 그는 화려한 새틴 깃털 이불과 높직한 케이폭 베개 위에 엎드린 자세로 쓰러져 있었다. 그의 쩍 갈라진 연분홍색 뒤통수가 흡사 석류처럼…….

피가 사방에 튀어 핏자국을 남겼다. 양이 그리 많지는 않았지만, 흰 커버를 씌운 이불 위에 선명한 붉은 얼룩이 생겼다. 두툼하게 쌓은 매트리스 때문에 노인은 옥좌에서 암살된 불운한 왕처럼 보였다.

머리맡 근처 다다미에 피가 엉겨 붙은 청동 문진이 뒹굴고 있었다. 문진이 들린 뒤 바람이 불었는지 서궤에서 서류가 두세 장 떨어져 있고, 서궤 위에는 모모야마 풍의 함과 벼루, 붓 등이 있었다. 나전 세공을 솔방울처럼 돋운, 바닥이 깊고 낡은 함이었다. 방 안에는 그 밖에 이상이 없었다. 금고도 잘 닫혀 있었다.

그녀는 소리를 지른 것 같았다. 소리를 지르며 그 목소리가 소리가 되지 못하고 어디론가 빨려드는 것을 느꼈다. 힘없이 무릎을 꿇고 주저앉았지만 의식은 뚜렷했다. 머리 한구석에서 정교한 시계 초침처럼 그녀는 쉴 새 없이 되풀이하고 있었다.

'져선 안 돼, 이까짓 일로 져선 안 돼……'

그녀는 문진을 집었다. 남편의 지문이 남아 있다면 말끔히 닦아내자. 가운 포켓을 뒤지니 얇은 면 손수건이 나왔다. 그것으로 문진을 문질렀다. 손수건이 피로 얼룩졌다. 속이 울렁거리기에 문진을 바닥에 내팽개치고 손수건을 주머니에 쑤셔 넣었다. 감출 것이 더 없나 주위를 둘러보았지만, 멍청한 범인이 곧잘 실수를 저지르듯이 라이터나 단추가 떨어져 있지는 않았다.

다만 이부자리 옆에 열쇠 하나가 떨어져 있었다. 어디의 무슨 열쇠인가? 반사적으로 언젠가 오솔길에서 마주친 늙은 가정부 시세의 손에서 빛나던 열쇠가 생각났다. 그녀가 그것을 봤다는 것을 알자, 시세는 일부러 그것을 만지작거렸다.

'이건 별채 현관 열쇠입니다.'

분명하게 눈여겨본 것은 아니었다. 오히려 그때 그녀는 애써 그런 물건에 관심을 보이지 않으려 했다. 그렇기에 그녀는 거기 떨어져 있는 열쇠가 과연 시세가 가르쳐준 것과 동일한지 아닌지 알 길이 없었다. 그런데도 정신없이 집어 닦고는 도로 떨어뜨렸다. 범죄 현장에 손을 대서는 안 된다는, 소설책에서 얻은 막연한 지식의 단편과 남편을 지키려는 의식이 그녀 내부에서 기묘하게 얽혀 있었다.

삼사리에서 손을 뻗으면 닿을 차탁에, 노인 것인

듯한 구타니 자기 찻종과 손님용 찻사발 세 개가 있었다. 하나같이 마시다 만 차가 싸늘하게 식어 가라앉아 있었다.

'그이만 여기 왔던 게 아니야.'

남편이 자기 아버지를 죽일 리 없다는 신념이 돌연히 마음속에 치밀었다. 아이가 태어날 것을 그렇게 기뻐하며 아버지와 화해할 것을 그렇게 고대했던 그가 어째서 아버지를 죽인다는 말인가? 그는 이렇게 말하지 않았나.

'차분하게 잘할게.'

시아버지는 이야기를 들어주지 않았나?

그래, 틀림없다.

하지만…… 그렇다고 죽일까? 죽이고 나면 다 소용없지 않나.

꼭 남편이 노인을 죽였으리라는 법은 없다. 누구든 살인은 할 수 있다. 어째서 스기히코가 아버지를 죽였다고 단정할 수 있나? 남편이 아버지를 죽일 리 없다. 남편이 죽인 게 아니다. 남편이어선 안 된다…….

시신에서 시선을 떼지 못한 채 슬금슬금 뒷걸음친 그녀는 장님처럼 손으로 더듬어 전등 스위치를 찾고

불을 껐다. 그럼으로써 이 참극의 영상을 영원히 없애버릴 수 있다고 믿는 것처럼. 방은 어두워졌지만 달빛이 장지를 창백하게 비추고 있었다.

그녀는 복도 불도 껐다. 그러고는 속이 울렁거리는 것을 참으며 몰래 밖으로 나왔다.

제8장
악몽과 나

"왜 바로 다른 사람들한테 알리지 않은 겁니까?"

나를 보는 오가타 경위의 표정에 노골적인 비난의 빛은 없었다. 오랜 형사 생활로 어떤 사건에나 어리석고 사리 분별 못 하는 사람이 한두 명은 꼭 있다는 것은 이미 알고 있으며, 으레 그런 것이라 체념도 했다. 하지만 이 경우 그게 그렇게 상식이 없어 보이지도 않는(물론 그렇게 머리가 좋아 보이지도 않지만) 이 여자였다는 사실에 어렴풋이 흥미를 느낀 듯한 태도였다. 그는 수사에 지대한 지장을 준 우매한 인간을 힐난한다기보다 복잡기괴한 태엽인형의 내부를 관찰하는 장난감 가게 주인 같은 얼굴로 나를 바라보고 있었다.

그 옆에서 세이케 변호사는 입술에 문 담배를 굴리는 대신 이제는 머리카락을 만지작거리기 시작했다.

그가 아무 말도 않는 것을 보건대, 내가 지금껏 한 말에 그다지 문제는 없었던 게 분명했다.

그러나 나는 그가 뭐라 해주기를 바랐다. 무슨 말이든 좋으니 내 마음을 편안하게 해주고 용기를 북돋워줄 한마디를. 달랑 한마디라도 좋으니 그곳에 앉아 담배를 빼 물거나 머리카락을 만지작거리는 것 말고 다른 일도 할 수 있다는 것을 증명할 어떤 말을 해주기를 바랐다.

서서히 피로감이 몰려들고 있었다. 나는 격려가, 응원이 필요했다.

"그것도 좋지 않았습니다." 경위는 말했다.

"당신이 현장, 그것도 범행에 사용된 흉기 같은 걸 건드리는 대신 바로 경찰을 불렀더라면 사건은 간단히 해결됐을 겁니다. 그렇습니다. 사실 이 사건은 사건 자체로선 결코 복잡한 게 아니었단 말입니다. 당신 내외도 이런 일을 겪지 않았을지 모릅니다. 당신이 공연한 짓을 한 탓에 터무니없는 결과가 발생한 겁니다."

"죄송합니다."

나는 또다시 사과했다. 경위의 말이 전부 옳았다. 항의할 여지가 없었다.

"뭐, 이제 와서 그런 말을 해봤자 소용없겠죠. 어떻게 된 영문인지 여자들은 그런 짓을 곧잘 하더군요. 그나저나 당신은 별채에서 나와선 본채로 돌아온 거죠? 온 길을 되돌아가 테라스를 통해 응접실로."

"맞습니다. 그랬습니다."

처음으로 세이케 변호사가 나 대신 말했다.

그는 내가 지쳐 목이 잠긴 것을 이제야 비로소 깨달았는지 모른다.

오가타 경위가 험악한 눈초리로 변호사를 힐끔 보았다.

"난 이 사람한테 묻는 겁니다. 난 세세한 데까지 정확을 기하는 성격입니다."

"훌륭한 성격이십니다만, 그렇게 정확을 기해 확인한 사실에서 뭔가를 이끌어내는 판단력이 더 중요한 게 아닐까요. 세부에 연연하느라 대국을 잊었다간 종종……."

"내가 언제 대국을 잊었다는 말입니까?"

오가타 경위가 고함쳤다. 나는 놀라 몸을 움츠렸다.

"아뇨, 일반론을 말씀드린 겁니다."

그러나 세이케 변호사는 태연한 표정으로 말했다.

"특히 이 사건처럼 일견 단순해 보이는 사건은 보는 이에게 종종 오류를 심어줄 수 있으니 말입니다."

이 변호사는 나 못지않게 바보다. 나는 그렇게 단정했다. 지금 여기서 경위를 노엽게 해서 어떻게 하겠다는 건가? 이래서는 흡사 애써 조심조심 집까지 들고 돌아온 바바루아 케이크 상자 위에 장아찌 누름돌을 올려놓는 꼴 아닌가.

그런데 내가 더욱 놀란 것은, 오가타 경위가 변호사의 이런 말에 별반 성을 내거나 자리를 박차고 일어나지도 않고, 그저 그 둔중해 보이는 시선을 도로 내 쪽으로 옮겼다는 사실이었다.

나는 안도하는 동시에 전에 없이 불손하기 그지없는 생각을 품었다.

'혹시 이 경위도 바보인가?'

아닌 게 아니라 똑똑한 경찰관 같으면, 이런 덥고 답답한 방에 앉아 미덥지 못한 여자의 미덥지 않은 진술을 내내 참을성 있게 듣고 있지는…….

"응접실을 통과할 때." 오가타 경위는 내 감회와는 무관하게 질문을 재개했다. "소파에서 자는 의사가 신경 쓰이진 않았습니까?"

"신경 쓰였어요." 나는 급히 대답했다. "그 사람이 자는 게 아니면 어쩌나, 또 뭐라 시비를 걸면 어쩌나, 걱정이었습니다. 전 한시라도 빨리 침실로 돌아가고 싶었어요. 하지만 프랑스식 창문으로 살짝 실내를 엿봤더니…… 프랑스식 창문 옆에 몸을 숨기기에 알맞은 골담초 덤불이 있거든요. 그랬더니 나지막이 코 고는 소리가 들려오길래, 살금살금 응접실을 통과해 2층 침실로 돌아왔습니다. 흥분한 탓인지 복도랑 계단에서 한두 번 발이 걸려 넘어질 뻔한 것 같기도 한데, 아무튼 정신없이 방으로 들어갔어요."

"남편 분은 어떻게 하고 계시던가요?"

"그이는 역시 침대에서 자고 있었어요. 전 그걸 확인한 다음, 가운 주머니에 찔러 넣었던 피 묻은 손수건을 똘똘 뭉쳐서 수국을 꽂은 화장대 위 커다란 항아리 안에 버렸어요. 그때 손이랑 가운에 묻어 있던 피도 닦았습니다.

그러고 나서 가운을 벗어 의자 등받이에 걸치고 누우려는데, 갑자기 남편이 눈을 뜨더니 담요를 턱까지 끌어올리면서 어디 갔었느냐고 물었어요.

제가 화장실에 갔었다고 대답했더니, 그이는 할 말이 있는 듯한 표정으로 절 올려다봤지만 결국 아무 말도 하지 않았습니다.

그래서 전 용기를 내서 '당신은 별채에서 언제 돌아왔어? 아버님이랑 이야기는 잘됐고?' 하고 물었습니다.

그러고는 제 자신의 동요를 들키지 않게 조심하면서 그이의 반응을 넌지시 살폈어요. 만일 그이가 아버님을 죽였다면 지금 그 사실을 고백할 게 분명하다고 생각했기 때문이에요.

그러면 나도 그곳을 봤다고 털어놓자, 그리고 둘이서 지혜를 모아 어떻게든 이 사태를 모면할 대책을 궁리하자 생각했습니다. 그게 마치 저희 부부의 마음을 이어줄, 저희 둘만의 은밀한 즐거움이라도 되는 양 투지가 솟았을 정도예요.

변호 측 증인

그렇지만 그이는 그런 걸 털어놓지는 않았습니다.

얼마 동안 잠자코 절 쳐다보더니 이내 무척 힘없는 목소리로 '그 인간, 끝내 긍정적으로 답하지 않았어.'라고 하더군요.

전 저도 모르게 그이를 빤히 응시했지만, 애써 아무렇지도 않은 척하면서 다시 한 번 물었습니다.

'그래……? 아기가 생겼다는 말씀을 드려도?'

그랬더니 남편은 절 물끄러미 응시했어요.

아무 말도 없이 그냥 쳐다만 봤어요.

그이의 시선엔 제가 이해할 수 없는 뭔가, 제가 모르는 뭔가, 저랑은 동떨어져 있는 뭔가가 있었습니다. 그건 타인에게만, 저랑은 아무 연이 없는 머나먼 사람에게만 가능한 시선이었어요. 그이가 그런 눈으로 절 본 건 저희가 처음 만난 이래로 처음이었어요.

이윽고 그이는 시선을 다른 데로 돌리더군요.

'됐어. 이제 그만 생각하자. 오늘은 밤도 늦었고 피곤하니까 당신도 얼른 자.'

그러더니 담요를 푹 뒤집어쓰곤 저에게 등을 돌리고 누웠습니다."

우리는 작은 방에서 얼룩진 싸구려 테이블을 끼고

마주 앉아 있었다. 저물어가는 해가 그 한구석에 비추는 빛 속에 금빛 먼지가 날아다녔다.

우리는 벌써 몇 시간째 여기 이렇게 마주 앉아 있었다. 경위가 세이케 변호사와 나에게 특별히 내주겠노라고 한 시간을 넘은 지 이미 오래였다…….

"전 깊은 실망과 안도를 동시에 느꼈습니다.

'아버님은 역시 기뻐해주지 않으셨구나. 역시 이이가 죽인 게 아니었구나.'

견딜 수 없는 피로감과 졸음이 밀려와 전 침대에 몸을 눕혔지만, 잠을 이루진 못했습니다.

'그이가 아니라면 대체 누구 짓인가? 그이는 아까 왜 그런 눈으로 날 보았나?'

후자의 질문은 스스로 대답할 수 있었습니다.

시누이가 제 뱃속의 아이에 대한 의혹을 그이 귀에 대고 속닥거린 거예요.

그이는 그걸 코웃음 치며 부정하지 않았나? 누나 말만 듣고 날 의심하기 시작했나?

전 이해가 되지 않았습니다.

다케가와 의사는 제 편인 줄 알았습니다. 그리고 남편은 누나보다 절 믿을 줄 알았습니다. 저희는 진심으로 서로 사랑하고 신뢰하는 줄 알았습니다.

그런데도 좀 전에 남편이 절 응시한 순간부터, 뭔가가 저희 둘 사이를 파고들어 눈에 보이지 않는 어두운 틈서리를 벌려놓았다는 걸 전 깨달았습니다.

그 틈서리의 정체를 알 수 있을 것 같았어요. 그건 남편이 저에게 품은 의혹이고, 제가 남편에게 품은 의혹이었습니다.

그이가 누나 말을 완전히 부정하지 못하는 것처럼, 저 또한 남편이 죽인 게 아닌가 하는 생각을 완전히 떨쳐버릴 순 없었습니다.

그이 소행이 맞는다면 우리는 대체 어떻게 될 것인가? 앞으로 어떻게 살아야 하나? 아니, 과연 살 수 있기는 할까? 그렇지만 전 이미 그런 의문에 답할 기력도, 사고력도 남아 있지 않았습니다. 잠과 의식 중간의 회색 세계를 부유하면서, 좌우지간 남편과 아이와 저, 우리 세 사람의 생활을 지키자, 아무도, 설사 법이라 해도 그걸 건드리진 못하게 하자, 계속 그런 생각을 했어요. 얕은 꿈속에서 피로 얼룩진 시체를 보고 가위에 눌렸어요.

아침이 되면 가정부가 현장을 발견해 경찰이 출동

하고 큰 소동이 벌어질 건 알고 있었습니다. 남편도 저도 참고인으로 조사를 받을 것이다, 저희 이야기가 신문에 나오고 저희 집을 호기심 많은 구경꾼들이 에워싸고, 저희의 평화스러운 생활은 깨질 테죠. 저희의 마지막 평화스러운 밤이 조금이라도 오래 지속되도록 전 어둠 속에서 숨죽이고 눈을 감고 있었습니다.

옆 침대에선 제게 등을 돌리고 누운 남편의 고른 숨소리가 들려오더군요. 전 그이도 저처럼 자는 척하는 것뿐이라는 걸 똑똑히 감지하면서도, 단조로운 시계 초침 같은 집요함으로 똑같은 생각만 되풀이하고 있었어요.

'그이가 한 게 아니다. 방금 사람을 죽인 인간이 저렇게 평안히 잘 수 있을 리가 없다. 그이가 죽인 게 아니다. 그이는 아무것도 모른다.'

그러다 어느새 잠이 들었는데, 깨어 보니 이미 날이 환히 밝아선 커튼 틈새로 길고 더운 오후를 약속하는 따가운 햇살이 비쳐들고 있었어요.

남편의 모습은 보이지 않았습니다. 여느 때 같으면 잠옷을 아무렇게 벗어 놨을 텐데 그것도 보이지 않았고요. 제가 늦잠을 자면 침실 바로 앞에서 요란하게 진공청소기 모터 소리를 내는 가정부의 기척도 그날 아침은 없었습니다.

전 흐리멍덩하고 무거운 머리를 가까스로 들고 침대에서 나와 창밖을 내다봤어요. 대문 앞에 순찰차 두 대와 검은 경찰차 한 대가 서 있고, 경위님이 형사와 경관 몇 명을 거느리고 이슬이 반짝이는 클로버 덤불을 짓밟으며 곧장 현관 쪽으로 다가오시는 게 보였습니다……."

제9장
용의자

"해부 결과가 나오면 더 정확히 알 수 있겠습니다만." 젊은 검시관이 서슴없이 말했다. "사망 시각은 대략 오전 0시부터 1시 사이일 테죠. 후두부에 청동제 문진으로 일격을 가한 뒤 몇 차례 더 강타했군요. 거의 즉사했다 봐도 될 겁니다. 몇 분 더 살아 있었다 해도 간신히 숨만 붙어 있는 정도였고 의식은 없었으리라 판단됩니다."

"누워 있었다면 후두부를 노리지 못했을 테니, 피해자는 아직 자기 전이었다는 뜻이군. 아니면 범인을 보고 일어나 앉았거나……."

오가타 경위가 중얼거렸다.

"어쨌든 면식범의 소행이겠죠. 그렇지 않았으면 피해자는 버저를 눌러 가정부를 불렀을 겁니다."

"무슨 일이 있으면 밤이건 낮이건 버저나 인터폰으로 연락했다고 하니 말이지."

젊은 검시관은 별채 현관 앞에 선 경위가 수고했다는 듯 가볍게 고개를 끄덕이는 것을 확인한 뒤 목례하고 떠났다. 이윽고 흰 천을 덮은 들것이 나오고, 대문 앞에 대기하고 있던 사체 수용 차량이 먼지를 일으키며 언덕 위 하얀 길을 달려갔다. 해는 이미 중천에 뜨고 마른장마의 나른한 하루가 시작되려 하고 있었다.

오가타 경위는 이마의 땀을 닦았다.

그는 6월이 싫었다. 6월의 습기와 꾸물거리는 더위가 싫었다. 양달에서 머리를 무겁게 늘어뜨린 수국의 색 바랜 꽃 덩어리며 잔디의 숨 막히는 훈김이 싫었다.

특히 6월의 살인사건이 마음에 들지 않았다(그렇다고 딱히 몇 월의 살인사건은 마음에 든다는 뜻은 아니었다). 갖은 사치를 부린 처소의 한 방에서 깃털 이불에 파묻히듯 쓰러져 있던 억만장자 노인의 모습이 마음에 들지 않았다. 누가 지문을 닦아낸 흔적이 있는 문진도, 피해자의 머리맡에서 시체를 내려다보는 초대형 금고도 마음에 들지 않았다.

'부자란 녀석들은······.'

그는 넌더리를 내며 생각했다.

'왜 언제 살해돼도 상관없게 해두지 않는 건가? 녀석들은 자기가 죽고 나서 돈이 어떻게 될지를 걱정해 걸핏하면 유언장을 여기를 고쳤다 저기를 지웠다 한다. 그러다가 어느 날 밤, 급기야 더는 참고 기다릴 수 없게 된 상속인 중 한 명이 그놈의 정수리를 청동 문진으로 후려갈긴다. 그리고 마지막으로 우리가 그자들의 빤한 연극에 결말을 내기 위해 땀을 닦아가며 나타나는 것이다······.'

오가타 경위는 정교하게 장식된 목조 현관을 느릿느릿 둘러보았다. 십수 년 전 처음 형사로 발탁됐을 무렵 사건 현장으로 달려갈 때마다 몸속을 훑던 흥분은 어느새 3분이면 사라지곤 했다. 지금은 이미 우둔해 보이는 평소 표정으로 돌아와 있었다. 부하들이 출세가 느린 상사에 대한 친애의 정과 위로와 일말의 경멸을 담아 뒤에서 은밀히 '검은 소'라 부르는

변호 측 증인

표정이었다.

"경위님, 명령대로 가족 전원을 본채 응접실에 모으고 감시를 붙여놨습니다."

한 형사가 나타나서 알렸다.

"그래. 지금 가지. 여기는 감식과만 빼고 아무도 못 들어오게 해."

"네. 그리고 신문사 놈들이 밖에 와 있습니다만."

경위는 대문 쪽으로 눈길을 주더니 상을 찌푸리며 정원으로 나왔다.

"가족이란 건 누구누구인가?"

"네, 먼저 이 집에 사는 사람은 피해자의 아들 부부와 고용인들뿐입니다만, 어젯밤엔 손님이 묵었다고 합니다. 시집간 딸과 그 남편이 있는데, 이 남편이 죽은 사장 회사의 부사장 대우 전무이사입니다. 그리고……."

그들은 오솔길을 따라 테라스 쪽으로 걸어갔다. 골담초 덤불에서 검정과 노랑이 어우러지고 꽁무니가 동그란 통통한 벌이 붕붕거리고 있었다.

"남편 친척인 젊은 아가씨와 피해자의 주치의도 있습니다. 전무와 의사는 어젯밤에 술에 취하는 바람에 못 갔다고 합니다. 고용인은 옛날부터 있었던 가정부 셋에 운전사인데, 운전사는 어제 휴일이라 외박했다가 조금 전에 돌아왔다고 합니다. 응접실에 있는 사람들은 그게 전부입니다만…… 에잇!"

형사는 목 주위를 자꾸만 맴도는 벌을 손으로 쫓았다.

"어젯밤엔 이 집 고문 변호사도 있었던 모양입니다. 밤 11시 반경에 돌아갔다고 합니다만, 일단 다나카 형사가 그쪽으로 갔습니다. 요코하마에 산다니……." 그는 손목시계를 보았다. "이제 슬슬 도착할 시간입니다."

응접실에 모여 있던 열 사람이 일제히 오가타 경위를 주목했다. 부하들이 눈에 띄지 않게 입구와 프랑스식 창문 근처에 서는 것을 확인한 뒤, 경위는 천천히 안으로 들어가 소파 뒤에 선 다음 가볍게 고개를 숙였다.

"현경縣警에서 나온 오가타입니다. 가족 분을 갑작스레 잃으신 심정은 이해합니다만, 현장 상황으로 판단하건대 이번 사건은 명백히 타살입니다. 그러니 범인을 조속히 체포할 수 있게 수사에 협조 부탁드립니다. 맨 먼저 드리고 싶은 말씀은, 범행은 내부인 소행이라 단정해도 무방하리란 겁니다. 즉, 범인은 이 댁 사정을 잘 아는……."

"왜 그렇게 단정하는 거지?" 소파에 앉아 있던 히다가 성난 어조로 끼어들었다. "강도의 소행일지도 모르잖나. 난 늘 별채에서 노인 혼자 지내는 건 너무 위험하다 싶었다고."

오가타 경위는 자신의 후줄근한 여름 양복과는 감도, 만듦새도 전혀 딴판인 상대방의 옷을 바라보며 참을성 있게 대답했다.

"애석하게도 그런 견해는 성립되지 않는다는 걸 알았거든요. 여기 오기에 앞서 사건을 발견한 가정부 분을 만나 봤습니다만, 그분 설명으로는 아침에 별채에 갔을 때 문단속에 이상이 없었다고 합니다. 게다가 현장엔 고액 금품을 보관하는 금고며 값비싼 미술품과 골동품이 다수 있었는데도 모두 고스란히 남아 있습니다. 다만 피해자가 죽기 직전에 썼다고 보이는 재산 관계 서류 일부가 고의로 파기된 흔적이 있더군요. 더욱이 사건 당시 정황으로 보건대……."

여기서 경위는 버저가 울리지 않은 것을 설명했다.

"이상과 같은 점으로 볼 때, 이 댁과 무관한 제삼자의 범행으로 볼 여지는 없다는 게 저희……."

"그렇다고 내부인의 범행이라고 단정할 수 있나?" 히다가 물고 늘어졌다. "가정부가 자느라고 버저 소리를 못 들었을 수도 있지 않나."

"그런 일은 결코 있을 수 없습니다, 나리. 저희는 큰나리께서 호출하시는 버저 소리를 놓친 적이 단 한 번도 없습니다."

누가 물은 것도 아니건만 시세가 대답했다. 늙은 가정부의 목소리에는 자신감과 위엄이 어려 있었다. 정중함이라는 점에서는 무엇 하나 부족함이 없었으나, 그 어조는 라쿠코나 스기히코를 대할 때와는 미묘하게 달랐다. 아마 백발을 단정히 틀어 올린 머릿속에는 그 머리 모양보다도 더 엄밀한 일종의 서열이 들어 있을 것이다. 큰나리를 대하는 말투, 작은나리를 대하는 말투, 시집가신 아가씨를 대하는 말투. 그다음이 그 배우자. 이어서 그 친척. 그리고 훨씬 밑에…….

스기히코 부인은 시세가 이 집의 관례에 관해서는

한 발짝도 물러나지 않겠다는 듯 히다의 얼굴을 대등한 태도로 응시하는 모습을 지켜보았다. 곰에게 맞서는 늙고 말라빠진 사마귀를 보는 듯한 기이한 광경이었다.

오가타 경위는 전무와 늙은 가정부의 말다툼을 무시하고 말을 이었다.

"그게 저희가 도달한 한 가지 결론입니다. 음, 처음 사건을 발견하고 신고한 가정부 분은 당신이죠?"

경위는 시세와 노부 중간에 서 있던 기요를 가리켰다.

"그렇습니다."

히다와 시세의 충돌을 멍하니 바라보던 음울한 중년 가정부는 경위가 갑자기 자기에게 말을 걸자 당황해서 겁에 질린 표정으로 경위를 쳐다보았다.

기요에게 두세 발짝 천천히 다가가는 오가타 경위를 스기히코 부인의 눈이 좇았다.

'내가 나온 뒤에 누가, 거기 간 사람이 있구나. 아니면 내가 거기 있는 동안 범인도 내내 어디 숨어 있었나? 어느 쪽이건 매우 침착한 사람이다. 내가 나가는 것을 확인한 뒤 열쇠를 줍고 서류를 버리고 문

을 잠그고 떠났다는 말 아닌가.'

"당신은 사장님 시중을 드는 가정부죠?"

"예에…… 아뇨."

"어느 쪽입니까?"

"이렇게 된 겁니다."

기요가 우물쭈물하자 당연히 시세가 나섰다.

"바로 얼마 전까지만 해도 기요 씨가 큰나리, 노부 씨가 작은나리 시중을 들어 드리고 제가 양쪽을 감독했습니다. 그렇게 하면 만사가 순조로웠지요. 그렇지만 지금은……."

"호, 왜 바꾼 겁니까?"

"그건." 시세는 경위를 올려다보며 참 아둔한 사람이라는 표정을 지었다. "작은나리의 시중은 마님께서 드시게 됐기 때문입니다."

"아……."

경위는 가볍게 얼굴을 붉혔다.

이런 미련한 문답에 소중한 시간을 허비한 자신에게 화가 났는지, 갑자기 위엄 있는 태도로 돌변해 기요를 돌아보았다.

"당신이 오늘 아침 별채에 간 건 8시 반경이라고

했는데, 그건 매일 똑같습니까?"

"아뇨. 큰나리께서는 평소 7시 넘어 기침하셔서 버저나 인터폰으로 호출하십니다. 그러면 그제야 누가 별채로 건너갑니다만, 오늘 아침에는 8시가 넘도록 아무런 연락도 없었습니다. 제가 이상하게 여겼더니 시세 씨가 큰나리께서 어제 늦게 주무신 것 같으니 기침하시는 것도 늦어지는 게 아니겠느냐고 했습니다. 그래서 그러려니 했는데, 8시 반이 되도록 말씀이 없으시니까 시세 씨가 잠깐 가서 보고 오라고 하시더군요. 그래서 별채로 갔다가…… 그만 혼비백산해서 본채로 급히 돌아온 겁니다."

"당신이 갔을 땐 별채 현관문이 잠겨 있더라고 했죠?"

"네. 이상 없었습니다."

"어젯밤에 당신이 잠근 겁니까?"

"아뇨. 별채 문단속은 늘 시세 씨가 도맡아 하십니다."

경위는 시세를 돌아보았다. '자, 이제 당신 차례야.' 하고 재촉하듯이.

"그게…… 어제에 한해서만은 제가 문단속을 하지

않았습니다."

시세는 알았다는 듯 말했다.

"어젯밤 10시 넘어서였던가요, 작은나리와 라쿠코 아가씨, 변호사 선생님이 별채에서 아직 말씀 중이시기에 차를 갖다 드렸더니, 뭐랄까요, 대단히 중요한 말씀 중이신 것 같기에······."

늙은 가정부는 눈을 치켜뜨고 가족 쪽을 흘끔 훔쳐보았다.

"작은나리께서 이쪽으로는 이제 오지 마라, 현관은 나중에 알아서 잠글 테니 열쇠를 두고 가라고 하셨습니다. 큰나리께서는 문단속에 대단히 까다로운 분이시랍니다. 그래서 작은나리께 열쇠를 맡기고 본채로 돌아와, 기요 씨, 노부 씨와 함께 목욕물을 덥히고, 또 히다 씨께서 술에 취해 주무시기에 자리를 펴 드린 다음, 12시 다 돼서 방으로 들어가서 자리에 들었습니다."

"그렇군요. 그래서 오늘 아침 기요 씨에게 큰나리가 어젯밤 늦게 주무셨을 거라고 했군요. 그럼 세 사람은 밤중에 무슨 이상한 기척 같은 건 못 알아챘습니까?"

세 가정부는 얼굴을 마주 보았다. 시세가 되물었다.

"이상한 기척이라 하심은?"

"발소리라든지 묘한 기척이라든지, 그런 것 말입니다."

"그게…… 어제는 다소 긴장했던 탓인지 자리에 눕자마자 잠이 푹 들어서 말이지요. 다른 두 사람도 마찬가지라 합니다."

거기까지 말했다가 늙은 가정부는 조금 전 자기가 히다에게 선언했던 말과 방금 한 말 사이에 큰 모순이 있음을 재빨리 깨달았다.

"물론 별채의 버저 소리는 별개입니다. 별채에서 호출하시는 소리는 아무리 깊이 잠들어 있어도 반드시 듣고 일어납니다. 이 댁에서 일하면서 저희 귀는 그런 식으로 훈련됐지요."

그러고는 방금 자기가 한 말에 이의가 있는 자는 어디 한번 말해보라는 양 좌중을 둘러보았다.

시세의 말에 이의를 제기하는 자는 아무도 없었다. 그곳에 있는 야시마 가 사람들은 이 노녀를 철저하게 두려워하거나 철저하게 무시하거나, 둘 중 하나였다. 그 때문에 방금 한 말에 대한 반응이라고는, 히다 전무가 고개를 다른 데로 돌리고 히죽거린 것이 전부였다.

오가타 경위가 시세의 설명에 납득했는지 아닌지는 알 수 없었지만, 어쨌든 그는 다음 질문으로 넘어갔다.

"그럼 기요 씨, 당신이 아침에 별채에 들어갔을 때 별채 열쇠는 어디 있었습니까?"

"평소 열쇠를 넣어두는 부엌 서랍 속에 있었습니다. 저, 작은나리께서 제자리에 넣어두셨을 것 같습니다……."

"별채 열쇠가 거기 있다는 걸 아는 사람은 누굽니까?"

"글쎄요, 아마 모두……."

당혹한 표정을 지은 기요를 대신해서 또다시 시세가 나섰다.

"그런 건 가족 분 모두 아십니다. 오랜 습관이니까요. 작은나리나 라쿠코 아가씨, 저희도 모두 알고 있습니다. 큰마님이 계시던 때부터 별채 열쇠는 늘 그곳에 보관했지요."

"돌아가신 분은 아무래도 상관없습니다." 오가타 경위는 언성을 높였다. "이 댁 며느님은 어떻습니까? 당연히 아시겠군요?"

순간 주저했던 시세는 이내 억양 없는 목소리로 대답했다.

"그렇다고 알고 있습니다."

'저것 봐. 내가 열쇠 두는 장소를 모른다는 걸 눈치챘으면서. 그럼 그곳에 떨어져 있던 건 역시 별채 열쇠였구나. 그게 별채 열쇠라는 걸, 열쇠를 어디에 두는지를 모두가 알고 있었구나. 나만 빼고 모두가.'

그러나 물론 그녀는 아무 말도 하지 않았다. 지금 이 자리에서 남편이 자기에게는 가르쳐주지 않았음을 공표하는 바보가 세상에 어디 있겠나?

"흠, 그럼 기요 씨. 당신이 사건을 발견하고 별채에서 급히 돌아왔을 때, 여기 계신 분들은 어디서 뭘 하고 있던가요?"

기요는 생각에 잠겼다. 이 여자는 시세의 간섭 없이는 자기 의사를 무엇 하나 명확히 표현할 수 없는 모양이었고, 또 그것을 일종의 미덕이라 생각하는 듯했다. 경위는 이 여자가 이 집과 시세를 섬겼을 세월을 생각했다.

"작은나리와 라쿠코 아가씨가 정원에 계셨던 게 기억납니다. 두 분이 아침 산책 중이신 것 같았는데……."

"제가 손님방에서 히다 씨께서 옷 갈아입으시는 걸 도와 드리는데, 이 사람이 낯빛이 달라져선 헐레벌떡 들어오더군요."

시세가 말했다.

경위는 이제 기요라는 단추를 누르면 시세가 말하는 이 장치를 파악한지라, 더는 뭐라 하지 않았다.

"미사코 아가씨도 일어나셔서 그때 함께 방에 계셨습니다."

"난 어제 기분 좋게 잤다고." 히다가 언짢은 표정으로 투덜거렸다. "그런데 일어나 보니 이 난리지, 발은 묶이지, 별 능력도 없어 보이는 경찰 놈들이 이래라저래라 하지, 하여간 이게 웬 변인가."

"……여기 이 선생님은 어떻습니까?"

오가타 경위는 히다에게 '어라, 살인사건이 벌어진 게 어느 집이던가요?' 하고 한마디 쏴주고 싶은 충동을 억누르며 다케가와 의사를 턱짓으로 가리켰다.

"다케가와 선생님은 제가 응접실 청소를 하는 동

안 내내 소파에 계셨습니다." 노부가 대답했다. "방해가 되니 비켜주십사 부탁드리는데도 모른 척하시고 멍하니 생각에 잠겨 계시더군요."

다케가와는 관심 없다는 듯 노부의 말을 듣고 있었다. 스기히코 부인 쪽은 보지 않았다. 그는 어딘지 모르게 맹금류가 생각나는 옆얼굴을 하고 긴 의자에 침착하게 앉아 있었다. 그 무관심한 태도에도 불구하고, 그는 어딘지 모르게 은밀히 사태의 추이를 즐기는 듯 보였다.

"그럼 부인은요?"

"마님은 2층에 계셨습니다." 시세가 대답했다. "오늘 아침엔 푹 주무시게 두라고 작은나리께서 이르셨기에 깨우지 않았습니다."

"아내가 임신했다는 걸 어젯밤에 알았거든요. 충격을 줘선 안 된다고 생각한 겁니다."

스기히코가 설명했다.

"사건에 관한 소식은 언제 아셨습니까?"

경위는 그녀에게 시선을 돌리고 정중하게 물었다.

"9시경에 아래층으로 내려왔다가 노부에게 듣고 깜짝 놀랐습니다."

경위는 고개를 끄덕이고 가정부들을 보며 말했다.
"나중에 그 열쇠를 보여주십시오."
그러고는 다시금 좌중을 둘러보았다.
"자, 여러분, 상세한 사정도 있으실 테니, 이제부터 한 분씩 차례대로 이야기를 여쭐까 합니다. 이 댁 변호사도 부르러 부하를 보냈습니다. 그분도 참고인으로 조사를 받을 겁니다. 어젯밤에 늦게까지 이 댁에 있었다고 하고, 유언장과 관련해서 여러모로 아는 게 많을 테니 말이죠. 허가가 내려지기 전까지는 모두 이 방에서 나가지 마십시오. 자자, 그렇게 소란 피우실 것 없습니다. 아직 누가 범인이라는 게 아니니까요. 아니면……."

그의 눈이 몇 분의 1초씩 각각의 얼굴을 주시했다.
"만약 이 중에 야시마 류노스케 씨를 살해한 범인이 있다면 지금 당장 말하는 게 좋을 겁니다. 자수를 하느냐 아니냐에 따라 향후의 처우가 크게 달라지니까요."

침묵.

누가 어디선가 희미하게 숨을 몰아쉬었다.

그러나 그게 누구 목에서 나온 소리인지를 알기도

전에 방 안은 도로 침묵에 휩싸였다.

"그럼…… 어디 조용한 방 하나를 쓸 수 있을까요? 한 분씩 별도로 만나 말씀을 여쭙고 싶습니다."

"서재가 좋겠네요. 차분하게 이야기할 수 있고요."

스기히코 부인이 어쩐지 떨리는 목소리로 온화하게 말했다.

경위는 다시금 그녀를 바라보았다.

그녀는 아무런 장식 없이 몸에 딱 붙는 검은 옷을 입고 있었다. 액세서리라고는 손가락에서 빛나는 다이아몬드 결혼반지뿐이었지만 대단히 아름답고, 그리고 심히 창백해 보였다. 단순하게 재단된 검은 여름옷은 소매가 없어 팔과 어깨가 그대로 드러났다. 그 벌거벗은 팔과 어깨에 정맥이 비쳐 보였다. 그녀가 임신한 몸이라는 사실이 생각났다. 본능적으로 뭔가를 경계하는 듯한 저 영리한 태도는 새끼를 밴 암컷 특유의 것인가? 아니면…….

"그럼." 오가타 경위는 예의 바르게 고개 숙여 인사했다. "안내를 부탁드릴까요? 그 김에 부인께 먼저 말씀 여쭙죠. 그래도 문제없으시겠죠?"

*

 열 사람이 한 명씩 차례대로 형사와 동행해 응접실과 서재를 왕복하는 데 시간이 꽤 많이 걸렸다. 개중에는 10분도 채 안 돼서 돌아온 이가 있는가 하면, 한 시간 넘도록 돌아오지 않는 이도 있었다.

 도중에 유기 변호사가 다나카 형사의 안내를 받아 그 둥글둥글한 몸집으로 황망히 들어와 그들과 합류했다.

 감식과원들은 일을 끝내고 철수했으나, 별채와 그 주변에는 아직 경찰 쪽 사람들이 아직 많이 돌아다니고 있었다. 히다와 라쿠코 부인, 미사코가 형사가 보는 앞에서 회사며 집에 전화를 걸었으므로, 야시마 사장의 죽음을 안 직원들과 일족 사람들이 앞다투어 몰려왔다. 그중 몇 명은 대문 앞을 지키며 침입하려는 신문기자들을 격퇴했다. 기자들은 하는 수 없이 담장 개구멍이나 튼튼한 나뭇가지를 찾아 저택 주위를 뛰어다녔다. 저택은 이야기를 들으려 하는 사람, 이야기를 하고 싶지 않은 사람, 이야기를 하고 싶어 좀이 쑤시는 인간으로 들끓었다. 전화벨이 쉴

새 없이 울리고, 저택 안에서는 형사들이 땀을 뻘뻘 흘리며 움직이고, 대문 밖에서는 한가한 동네 사람들이 점잖지 못한 상상을 즐겁게 주고받고 있었다.

그녀는 누구보다도 긴 시간을, 누구보다도 조용히 기다렸다. 나지막한 긴 의자에 앉은 그녀의 모습은 창백한 조각상처럼 보였다. 서재에서 돌아온 사람들은 하나같이 입을 다문 채 담배를 피우거나 생각에 잠기거나 지문을 채취한 손가락을 신경질적으로 닦으며 초조하게 실내를 돌아다녔다. 그 덕에 그녀의 침묵이 각별히 두드러지는 일은 없었다.

히다 한 사람만은 경찰의 방식이 부당하다며 오가타 경위를 직권 남용으로 고소하겠노라고 씩씩거리고 있었다. 그 열변을 듣고 배려한 건지 아닌지는 알 수 없으나, 노부가 바 냉장고에서 캔 맥주며 주스를 꺼내 늘어놓았다. 그러나 그것을 집은 사람은 다케가와 의사뿐이었다. 그는 서재에서 돌아온 뒤, 바 스툴에 앉아 캔 맥주를 연거푸 들이켰다.

그녀는 프랑스식 창문 너머로 정원을 내다보았다.

응접실 안은 그녀의 피로한 머리와 눈에 너무 시끄럽고 번잡했다. 프랑스식 창문 너머로 보이는 정원만이 아름답고 고요했다. 흡사 딴 세상처럼 멀게 느껴졌다. 테라스 옆 골담초 덤불 뒤에서 몇몇 직원이 감시 중인 경관과 다투고 있었다. 감식과원 한 명이 카메라를 들고 대문 쪽으로 나갔다. 카메라 쇠붙이가 여름 햇살을 받아 반짝거렸다. 한 직원이 그 뒤를 쫓아가고, 그 뒤를 또 경관이 쫓아갔다.

어차피 석간에는 '야시마 산업 사장, 자택 별채에서 타살 시체로'라는 제목의 기사가 실릴 것이다. 에다가 그걸 읽을까? 에다도 무용수도 악사도 지배인도 읽을 것이다.

'레노'의 모든 사람이, 온 도쿄, 온 일본 사람들이 읽을 것이다. 그 기사에 범인의 사진도 나올 것인가?

그녀는 남편에게 살며시 눈길을 주었다.

스기히코는 그녀 바로 다음으로 서재로 불려 갔다가 한 시간 가까이 지나 돌아왔다. 그때 그녀는 남편을 향해 '괜찮아, 이런 일은 금방 끝나. 작은 수술 같은 거야.'라고 하듯 미소를 지었으나, 그녀의 미소가 남편에게 국부 마취 노릇을 했는지 아닌지는 의문이었다. 그는 응접실로 돌아오자마자 그녀를 외면하고 바 쪽으로 가버렸다. 지금도 다케우치 의사 옆 스툴에 앉아 벽을 노려보고 있었다.

'그럼 안 돼. 그러고 있으면 의심받아. 더 자연스럽게 편안하게 있어야지, 안 그러면 형사의 주의를 끌게 된단 말이야. 봐. 형사들이 관심 없는 척하면서 얼마나 우리를 날카롭게 주시하는지. 당신 모르겠어? 형사들의 저 시선을, 경위의 표정 뒤에 숨어 있는 것을.'

조사에 대해 자기는 빈틈없이 답변한 것 같았다. 누구보다도 먼저 서재 의자에 앉혀져 경위와 대면했을 때도 냉정한 태도를 잃지 않았다고 생각한다.

경위의 질문은 집요하고 가차 없었지만 결코 오만하지는 않았다. 옆에서 속기를 하는 형사와 간간히 주고받는 시선도 별반 타의가 있는 것 같지는 않았다.

그녀는 질문에 차분하게 대답할 수 있었다.

"네. 야시마 나미코, 스물두 살, 스기히코의 처입니다. 4월 말에 결혼해서 이 집으로 들어왔습니다. 제 부모님은 이미 오래전에 돌아가셨습니다. 결혼 전에는 도쿄에서 쇼 댄서로 일했습니다. 아뇨, 그런 게 아니라 나이트클럽이나 연회에서 춤을 추는……

네, 그거예요.

남편과는 올봄에 처음 만나서 바로 결혼했습니다. 혼인신고는 했지만, 시아버님은 아직 절 며느리로 인정해주신 건 아니었습니다.

아뇨, 원망하지는 않았습니다. 건실한 생활을 하시는 분들이 저 같은 일을 했던 여자를 어떻게 보는지 잘 아니까요. 하물며 이렇게 격식 있는 집안의 노인분 아닙니까. 그분이 절 아들을 후린 여우 같은 년으로 생각하셔도 어쩔 수 없다고 생각했어요. 시간이 지나면 언젠가는 알아주시리라고, 앞날을 기대했는걸요.

하지만 실은 어제 드디어 저희 사이만은 허락해주실 듯한 눈치를 보이셨어요. 그 뒤 제게 아이가 생긴 걸 알고 남편이 아버님께 말씀드렸지만, 역시 이것저것 문제가 있어서 남편이 바라던 대로 일이 풀리지는 않은 것 같았습니다. 그에 관해서는 밤늦게 남편에게 한두 마디 듣기만 했지, 자세한 이야기는 아직 듣기 전입니다만……. 네, 저희 둘이 독립해서 어떻게든 살아볼 생각이었습니다.

아버님은 어제도 종일 뵙지 못했습니다. 류머티즘

때문에 요새 회사도 내내 쉬셨던 것 같더군요.

 남편은 제가 임신한 걸 알고는 무척 기뻐하면서 바로 아버님께 보고 드리러 갔습니다. 9시 반경이었죠. 가기 전에 시간을 확인했기 때문에 기억합니다. 전 2층에서 누워 있다가 얼마 뒤 옷을 갈아입으려고 일어났습니다. 그때 창문으로 남편이 형님과 변호사 유기 씨와 함께 별채 쪽으로 가는 게 보이더군요. 네, 별반 이상한 느낌은 없었습니다.

 아침까지 말씀인가요? 딱 한 번 잠에서 깨서 아래층 화장실에 다녀왔습니다. 12시 좀 넘어서였을까요. 아뇨, 아무도 못 만났습니다. 겨우 한 3, 4분 정도였으니까요.

 남편 말씀입니까? 옆 침대에서 깊이 잠들어 있던데요. 네, 물론 제가 깼을 때도, 화장실에서 돌아왔을 때도. 제가 자는 사이에 별채에서 돌아왔을 테죠. 벗어놓은 셔츠와 바지가 아무렇게나 내팽개쳐져 있었습니다.

 화장실에서 돌아와 누우려는데, 남편이 깨더니 어디 갔었느냐고 물었습니다. 그러고는 아버님과 이야기가 생각처럼 잘 풀리지 않았다고 했어요. 저도 낙심했지만, 한밤중에 이야기해봤자 소용없으니까요. 그 이야기는 나중에 다시 하기로 하고 저희 둘 다 잤지요. 네, 틀림없습니다.

어머, 배우자에 대한 증언은 인정되지 않는다고요? 그렇지만 달리 누가 증명할 수 있다는 말씀이지요? 그렇게 말씀하시면 부부는 늘 타인 한 명을 침실에서 지내게 해야겠네요.

누가 범인일 것 같냐고요? 글쎄요, 그걸 어떻게 제 입으로 말씀드리겠어요. 아뇨, 누군지는 모르지만, 설사 안다 해도 말이지요.

네? 그건……, 이렇게 대단한 집안이잖습니까. 재산 때문에도 이것저것 문제가 있는 것 같던데요.

아뇨, 아버님께서 생활비를 주기를 거절하셨다고 해서 그렇게 아쉽거나 억울하지는 않아요. 이건 경위님, 진심이에요. 그야 돈이 없는 것보다는 있는 편이 더 좋겠지만, 생활비를 안 주신다고 죽는 것도 아니고 검소하게 살면 어떻게든 될 거라고 생각했는걸요. 그러면 남편도 오히려 더 열심히 살려 할 테고, 요즘 세상에 부모 도움이 없으면 생활하지 못한다는 것도 꼴불견이지요.

게다가 경위님, 저 같은 생활을 했던 사람이면, '억' 단위의 액수는 되레 실감이 나질 않는답니다. 그보다 남편과 아이와 함께 평범하게 생활할 수 있을 돈이 훨씬, 훨씬 실감도 나고 매력 있게 느껴지지요.

 제 말을 믿지 못하실지도 모르겠군요. 저도 좀 더 세월이 지났더라면 욕심이 났을지도 모릅니다. 하지만 지금은, 현재로선 아무튼 남편과 아이와 저…… 이해하시지요, 경위님? 이해해주시겠지요?

 아, 하지만 경위님은 저 같은 생활을 해보신 분이 아니군요. 경위님은 저 같은 일을 해서 살아온 여자가 아니지요. 억대 재산을 원치 않는 사람이 세상에 어디 있겠느냐고 생각하실 테지요. 그게 보통이겠지요…….

 그것 말씀인가요? 혹시 아버님 쓰시던 문진 아닌가요? 전 그 방에 들어가 본 적이 한 번뿐이라 잘 기억나지 않습니다만, 서궤 위에서 본 것 같군요.

 여기에 손가락을 대라고요? 이 잉크를 묻혀서? 저런, 손톱이 더러워지겠네요. 이거 잘 지워질까요? 이제 됐습니까? 그럼 이만 실례하겠습니다. 다음은 남편인가요? 네, 바로 오라고 하지요."

이 정도면 됐을 것이다.

공연한 말은 한마디도 하지 않았다. 세면실에서 엿들은 말도, 의사의 협박도, 별채에 갔던 일도 말할 필요 없다. 의사가 자기가 협박한 것을 경찰에 지껄였을 리 없다.

이 세 가지를 제외하면, 세면실을 화장실로 일부러 바꿔 말한 것 외에 그녀의 진술은 모두 진실이다.

그것은 남편이 침실로 올라온 뒤부터 아침까지 알리바이를 증명한다.

남편은 몇 시쯤 올라왔을까? 물론 그것은 같이 별채에서 나온 시누이와 유기 변호사가 증명할 것이다.

경위는 그녀가 아래층 화장실에 가 있던 3, 4분 사이에 스기히코가 침실을 빠져나가 별채로 가서 노인을 죽이고 서둘러 돌아왔을지도 모른다는 가능성을 생각할까?

3, 4분으로는 무리라고 여길 것이다.

3, 4분이라는 설정을, 또는 '내가 나갔을 때도, 돌아왔을 때도 남편은 침대에서 깊이 잠들어 있었다.'

는 그녀의 진술을 경위는 바로 믿지 않고 일단 의심해볼까?

물론 진실을 말하자면 그녀가 침실을 비웠던 시간은 3, 4분보다 훨씬 길다. 적어도 20분 가까이 됐을 게 틀림없다. 세면실에서 이야기를 엿들은 시간이 5, 6분, 응접실에서 의사와 대화한 시간이 7, 8분, 별채로 가서 시체를 발견하고 문진이며 열쇠의 지문을 닦아낸 다음 부리나케 돌아오기까지가 또 7, 8분.

'하지만…….' 그녀는 생각했다. '나는 별채 현관을 잠그지 않았다. 범인은 내 뒤에 그곳에서 나왔다는 뜻이다. 남편은 내가 침실로 돌아왔을 때는 침대에 있었다. 그러니 그이는 결코…….'

가벼워진 그녀의 마음은 다음 의문으로 사뿐히 날아갔다.

'그럼 누가 죽였다는 뜻인가?'

시누이? 히다? 미사코? 다케가와 의사? 유기 변호사? 가정부들 중 누군가?(시세라면 좋을 텐데!) 운전사? 아니면 경위의 추리에 반해 외부 침입자? 요괴, 화성인, 피터 팬?

바야흐로 '누구라면 범행이 가능했나?'는 그녀에

게 문제가 되지 못했다.

'범인은 누구인가?'

이 문제만이 존재했다.

남편이 아닌 다른 사람이 죽였다면, 그녀와 남편을 제외한 다른 사람이 죽였다면, 고민할 일이 어디 있나? 누가 죽였건 상관없다. 되도록 기상천외한, 깜짝 놀랄 범인이면 좋겠다. 아니면 교도소에 가도 싼 불쾌한 인물이 범인이면 좋겠다. 이 살인사건은 이미 그녀와는 무관한, 그녀의 생활과는 전적으로 무관한, 시시하고 즐거운 스포츠, 흥미진진하고 위험한 투우, 우리 속의 맹수, 종이 위의 악몽이었다. 그녀와 스기히코는 우리 밖에서 느긋이 구경하면 된다.

그러면…… 봐라, 이제 곧 가슴 설레는 클라이맥스가 찾아올 것이다.

그때까지 그녀는 여유 있게 기다리면 된다. 인기 있는 연극의 클라이맥스를 기다리는 게으른 관객의 기분으로. 막간에 따분함을 달래려 오페라글라스로 1층 일반석을 둘러보는 2층 좋은 자리 관객처럼 그녀는 응접실 안을 둘러보았다.

그녀는 응접실에 있는 사람 수에 변화가 없어지고 사람들이 문으로 들락날락하지 않게 된 이래로 시간이 꽤 흘렀음을 깨달았다.

스기히코와 다케가와 의사는 바의 스툴에, 히다는 소파에, 라쿠코와 미사코는 긴 의자에 앉아 있고, 유기 변호사는 벽난로 옆에, 가정부들은 서가를 등지고 있었다. 운전사는 문간에 서서 형사에게 담뱃불을 빌리는 중이었다. 방 안은 고요하고, 바람이 이따금 골담초 덤불을 가르고 불어 들어 능직 커튼을 펄럭였다. 그녀는 커튼을 바꿔 달아야겠다고 생각했다. 이제 곧 여름이다. 능직은 여름에 맞지 않는다. 계절에 어울리지 않는 것, 무거운 것, 숨 막히는 것은 이제 이 집에서 모조리 치우자. 시아버지는 죽었다! 여름이 오면 이 저택 창문이란 창문마다 가볍고 아름다운 레이스 커튼을 달자. 그러면 그 밑에 요람을 둘 수 있다.

사람들은 흡사 별로 마음에 들지 않는 연극의 지정석에 강제로 앉혀진 불만스러운 관객처럼 보였다. 형사들은 따분한 듯했지만, 그래도 가끔씩 목덜미의 땀을 닦으며 참을성 있게 맡은 자리를 떠나지 않았다. 노부가 그들에게 권했건만 손도 대지 않은 과일 주스의 얼음이 녹아, 레몬색 유리잔 표면에 조그만 물방울이 가득 맺혔다. 그녀는 멀리 F시 공장 지대에서 울리는 오후의 사이렌을 나른한 기분으로 들었다.

문이 불현듯 열리고 오가타 경위의 거구가 일동 앞에 나타났다.

서류를 든 오가타 경위는 만점 받은 성적표를 자랑하지 않으려 애쓰는 우등생처럼 침착성이 없었다. 그는 방 중앙으로 걸어와 입을 열었다.

"오래 기다리셨습니다. 협조해주신 덕분에 생각보다 수사가 쉬웠습니다. 여러분의 진술을 토대로 현장 상황과 시신의 상태, 감식과의 보고 등을 충분히 고려해 협의한 결과, 결론에 도달할 수 있었습니다."

"범인은 누군가?"

히다 전무가 짜증스러운 어조로 끼어들었다.

"그러지 말고 들어보시죠. 우선 여기 계시는 열한 분 중에 운전사 에자키 씨와 세 가정부 분은 동기 및 알리바이라는 점에서 사건과 직접 관계가 없는 것으로 보입니다. 에자키 씨는 어제 휴일이라 오후에 도쿄 형님 댁에 갔다가 그곳에서 일박하고 사건이 발견된 뒤에 돌아왔습니다. 이 점에 관해선 조금 전 도쿄로 문의했는데, 형님 부부 및 다른 사람의 증언이 있으니 의심할 여지가 없습니다. 또 가정부 분들은 피해자가 살아 있을 때 본채로 돌아온 다음, 그 뒤로는 별채로 건너가지 않고 아침까지 줄곧 함께 있었으니 알리바이가 성립됩니다. 더욱이 이 네 사람 모두 피해자를 죽여봤자 한 푼도 얻지 못합니다. 따라서 이 사건은 전적으로 가족 간의 복잡한 감정 및 금전 문제에서 야기된 살인이라 할 수 있습니다."

일동은 조용히 듣고 있었다. 그들 모두가 몸속을 좀먹은 병마의 정체를 의사가 설명하는 것을 듣고 있는 환자였다.

"그런데 피해자 야시마 류노스케 씨가 어젯밤 11시 30분까지 살아 있었다는 것은 세 분의 진술을 통해 밝혀졌습니다. 즉, 그 시각까지 별채에서 피해자와 이야기했던 아드님 스기히코 씨, 그 누님이신 히다 라쿠코 부인, 그리고 유기 변호사입니다. 이분들은 스기히코 씨의 혼인을 류노스케 씨에게 정식으로 인정받고 유산 상속에 관한 여러 문제를 최종적으로 해결하려는 목적으로 협의한 것이었는데, 각자 자기 의견과 주장을 굽히지 않은 탓에 교섭은 실패로 돌아갔습니다. 결론을 내리지 못한 채 밤이 깊었기에 세 사람은 우선 별채에서 나왔습니다. 스기히코 씨는 시세 씨가 맡긴 열쇠로 별채 현관문을 잠갔고, 세 사람은 본채로 돌아왔습니다. 그때까지 류노스케 씨는 분명히 살아 있었습니다.

세 사람은 테라스를 통해 이 응접실로 들어왔는데, 그때 바에서 술을 마신 끝에 취해 소파에 누워 있는 다케가와 의사를 목격했습니다.

유기 변호사는 곧바로 자기 차를 몰고 요코하마에 있는 집으로 돌아갔습니다. 출발한 지 약 20분 뒤에 도착했다는 부인과 그 댁 고용인의 증언이 있습니다.

한편 스기히코 씨는 2층 침실로 올라갔고, 히다 부인은 다다미방을 들여다보니 남편이 깊이 잠들어 있기에 아직 자지 않던 미사코 씨와 함께 욕실로 갔다, 하는 상황입니다. 여러분의 기억에 의하면 대략 11시 40분부터 45분 전후입니다.

그런데 히다 노리아키 씨와 스기히코 부인 나미코 씨는 각각 혼자 있었던 시간이 있습니다. 하지만 부인은 입덧 때문에 밤 9시경부터 내내 2층에 누워 있었고, 히다 씨는 고주망태로 취해서 깊이 잠들어 있었다는 건 가정부 분들도 증명한 바 있습니다. 실제로 히다 씨는 오늘 아침까지도 술이 완전히 깨지 못했을 정도였죠."

넌지시 빈정거린 경위는 이내 도로 정색했다.

"뭣보다도 히다 씨가 별채에 들어가려도 열쇠가 없습니다. 별채 현관 열쇠는 스기히코 씨가 다른 두 분 앞에서 문을 잠근 뒤 그대로 갖고 있었으니까요. 그런데 스기히코 씨……."

경위는 상대방의 얼굴을 똑바로 보았다.

"그 열쇠를 곧바로 부엌 서랍에 갖다 넣었습니까? 아니죠?"

그녀는 남편의 옆얼굴이 창백한 것을 보았다.

뭔가 심상치 않은 일이 벌어지려 하고 있다. 뭔가 심상치 않은, 터무니없는 착오가…….

저 경위는 대체 무슨 말을 하는 건가. 열쇠라고? 열쇠. 그 열쇠에는 누구의 지문도 없다. 그녀가 손수건으로 닦아냈으니까.

경위는 남편의 무엇을 발견했다는 말인가? 왜 저 경위는 저렇게 의기양양한가?

경위는 그녀를 돌아보았다.

"부인도 오전 0시 조금 지나 잠이 깨서 아래층 화장실로 내려갔다고 하셨죠?"

아니, 그는 의기양양한 게 아니었다. 그는 냉정하고 가차 없이 그 어떤 작은 것도 놓치지 않으려 할 뿐이다. 이 사람이 실수를 한다는 것은 있을 수 없다.

"그때 남편 분은 옆 침대에서 깊이 잠들어 있었다고 말씀하셨죠. 그리고 부인이 화장실에서 돌아왔을 때 그제야 남편 분이 깨서 어디 갔었느냐고 묻고는, 이야기가 생각대로 풀리지 않았다는 걸 보고했다고 진술하셨습니다. 맞죠?"

그녀는 고개를 끄덕였다.

그래요, 맞습니다. 바로 그런 일이 어젯밤에 일어났어요, 경위님. 비디오테이프에 녹화해서 보여 드릴 수 없는 게 유감입니다. 하지만 경위님은······.

그녀의 시선은 경위의 얼굴 위에 얼어붙었다.

"그건 거짓말입니다. 부인이 밤중에 깼을 때 남편 분이 깊이 잠들어 있기에 바로 아래층으로 내려갔다고 한 말은 거짓말이죠. 남편 분은 자고 있지 않았죠? 남편 분은 실은……."

"아니에요. 남편은 분명히 침대에……."

끝까지 부르짖기도 전에 경위는 손을 들어 그녀의 말을 가로막았다.

"스기히코 씨는 사랑하는 아내의 임신을 계기로 아버지 류노스케 씨의 마음이 풀리기를 간절히 바랐습니다. 그런데 그런 기대에 반해, 류노스케 씨는 스기히코 부인의 임신 소식을 듣자마자 그 자체에 의혹이 있는 듯한 말을 입에 담았습니다. 뿐만 아니라 스기히코 씨 내외를 경제적으로 도와주기는 고사하고, 이 결혼을 물리지 않으면 스기히코 씨의 상속권에까지 영향이 있으리라고 선언했습니다. 여기에 관해선 그 자리에 동석했던 히다 부인과 유기 변호사의 진술이 동일합니다.

이 사건은 피해자의 완고함에 절망한 범인이 그 전까지는 그래도 이럭저럭 갖고 있던 피해자에 대한 경애의 정이 단숨에 증오로 바뀌면서 발작적으로 저지른 범행이라는 데 논의의 여지가 없습니다.

게다가 별채 열쇠는 어젯밤에 한해 범인 근처에 있었습니다. 범인이 류노스케 씨에게 마음을 돌려 달라고 부탁할 생각으로 별채로 들어갔는지, 아니면 이미 살의를 품고 그랬는지, 그 점은 불명입니다. 아무튼 노인의 몰이해와 냉혹함에 애를 태우던 범인은 서궤의 문진을 집어 들고 범행을 저질렀습니다.

발작적이라 할 수 있는 건 이 경우, 첫 일격뿐일지도 모릅니다. 류머티즘을 앓는 피해자는 반사적으로 도망치지도 못하고 두개 내출혈로 쓰러져 거의 순식간에 숨을 거두었습니다. 그런데도 범인은 두 번, 세 번, 있는 힘껏 반복해서 내리쳤단 말이죠. 도무지 정상인 같지 않은 끔찍한 행위입니다만, 범인의 심정, 성격, 과거의 행적, 또 억압돼 있던 감정이 단숨에 폭발했을 것을 생각하면 이해 불능이라 하기만은 하기 어렵습니다.

그 뒤, 범인은 도로 별채 현관문을 잠그고 열쇠를 부엌에 돌려놓은 다음 시치미 떼고 방으로 돌아갔습니다. 이때 이미 흉기와 열쇠의 지문을 닦는 여유까지 되찾은 것으로 보입니다만, 그런 범인도 깜박하고 지문을 닦지 못한 부분이 있었습니다.

 다시 한 번 말씀드립니다. 범인은 피해자에게 원한을 품고 있던 인물, 피해자의 의지로 그 경제적 이해가 좌우될 처지에 있던 인물, 어젯밤 오전 0시부터 0시 반 사이에 혼자 있을 시간이 있었고, 별채 열쇠를 손에 넣을 수 있었으며, 그것을 되돌려놓을 장소를 알고 있었던 인물. 그리고 피해자 및 이 댁 일족이 그 과거의 행적을 결단코 '자랑스러운' 것으로 간주하지 않았던 인물입니다.

 이상의 추론 및 지문 검출이라는 과학적 결과, 가택수사에 의해 발견된 증거물 등에 근거해, K현 경찰은 아시마 류노스케 씨 살해의 유력 용의자를 체포하겠습니다."

 그녀는 저도 모르게 남편을 보았다.

 보지 않을 수 없었다. 그녀는 목구멍 속으로 웃으려 했다. 이 터무니없는 착오를 웃어넘기려 했다. 그러나 웃음은 어디에서도 나오지 않았다.

 남편이 창백한 얼굴에 힘없는 미소를 띠고 오가타 경위를 향해 보일 듯 말 듯 고개를 끄덕인 것을 보고, 그녀는 과거 18시간 중 두 번째로 실신했다.

제10장

우문과 나

"하지만 그이는 거짓말을 한 거예요."
나는 말했다.
"그이는 거짓말을……."
흡사 이렇게 되풀이해서 말하는 것이 현재의 나에게 일종의 부적 역할을 한다고 믿는 것 같았다. 뭔가 다른 말을 하고 싶었다. 그러나 내 머릿속은 8월의 아스팔트처럼 뜨겁게 달아올라, 이 말만이 언제까지고 빙글빙글 맴돌고 있었다.
"남편이 어째서 그런 일을 했는지, 어째서 그런 일을 할 마음이 들었는지 전 그건 모릅니다. 하지만 거짓말을 한 것만은 분명합니다. 이렇게 돌이켜 생각해보면 그이는 그럴 수밖에 없었다는 생각도 들어요. 그이에게도 거짓말할 권리는 있었으니까요. 제가 아주 많은 거짓말을 해온 것처럼."

낡은 테이블 위의 햇빛이 엷어졌다.

우리 세 사람이 앉아 있는 작고 살풍경한 방에 황혼이 스며들었다.

이 방에 황혼의 빛이, 오래된 유화에 곧잘 등장하는 누렇게 물든 나뭇잎 색과 비슷한 그 향수 어린 빛이 비친다는 것이 나에게는 일종의 도착倒錯처럼 느껴졌다. 낮이 가고 밤이 온다. 이윽고 어둠이 찾아들 텐데, 나는 어쩐지 그 반대라는 생각이 들었던 것이다.

지금은 밤.

저 창문으로 비쳐드는 것은 새벽의 빛.

나는 지금 암흑이 옷을 벗어 던지고 여명으로 가는 그 어슴푸레함의 선상에 서 있다.

이유는 알 수 없지만 그런 느낌이 들었다. 나는 긴 긴 밤의 어둠 마지막 한 조각 위에 있었다. 이 밤은 너무나도 긴 밤이었다.

오가타 경위는 검은 가죽 수첩을 덮었다. 가느다란

연필은 페이지 사이에 잘 끼웠다.

　세이케 변호사가 물고 있던 담배는 이미 어디론가 가고 없었다. 그는 그 담배에 불을 붙여 피웠나? 아니면 먹어버렸나? 이제는 머리카락을 만지작거리지 않았다. 그의 손은 생각을 정리하는 사려 깊은 도구처럼 단정하게 깍지 낀 모양으로 테이블 위에 놓여 있었다.

　테이블에 재떨이가 없었다는 것을 깨달았다.

　두 남자는 내 이야기를 듣는 내내 담배 한 대도 피우지 않고 차 한 잔도 마시지 않았다. 그게 전부 내 책임인 것만 같아서 차마 낯을 들 수 없었다.

　"생각지도 못하게 길어졌군요……."

　오가타 경위가 중얼거렸다.

　그는 저물어가는 하늘을 창문 너머로 올려다보았다.

　"감사합니다."

　나는 곧바로 그렇게 말하려 했으나 들려온 목소리는 세이케 변호사 것이었다. 또 머뭇거리다가 때를 놓친 것이다. 나는 감사 인사조차 제때 해본 적이 없다.

"이렇게 특별히 시간을 내주시고 이야기를 들어주셔서 진심으로 감사드립니다. 이로써 제 짐을 반 덜었습니다. 물론 나머지 반은 여전히 어깨 위에 올라앉아 있지만 말이죠."

경위가 변호사를 보고 말했다.

"이 사람이 지적한, 진범으로 보이는 인물의 행동을 입증하는 것, 그리고 이 사람이 나온 뒤 별채를 떠난 게 그 인물과 동일인인지를 확인하는 것. 이건 대단히 까다로운 일일지도 모릅니다. 게다가 사태가 이미 악화됐죠. 그래도 할 수 있는 데까지 한번 해봅시다."

경위가 일어섰다. 세이케 변호사도 일어섰다. 잠깐 동안 그들은 시선을 주고받았다. 작전 회의를 마치고 승산이 없는 전쟁터로 나가는 두 장군 같았다. 매우 진지하고, 엄숙하고, 아주 약간 슬퍼 보였다. 적어도 오가타 경위 쪽은 분명 그랬다.

그렇다면 나도 일어서야 한다.

간신히 일어서기는 했는데 오랜 여행을 한 사람처럼 다리가 휘청거렸다. 나는 몹시 피곤했으나, 그러면서도 무슨 짓인가 하고 싶어 좀이 쑤셨다.

소리 지르고 싶다. 달리고 싶다. 지금 당장 큰 소리로 노래하며 한없이 달려가고 싶다.

 내가 의자를 덜컹거리자 나에게 시선을 돌린 경위는 냉담하다고도 할 수 있을 어조로 빠르게 말했다.

 "걱정 말고 맡기십시오. 저와 이 변호사를 믿고 맡기십시오. 제가 이렇게 말해도, 당신은 그렇게 간단히 그럴 마음이 나지 않을지도 모릅니다. 당신 주장이 너무나도 인정받지 못한 탓에 당신은 히다 전무가 읽은 웬 탐정소설에 나오는 것 같은 경찰이 이 나라에도 있다고 생각했을지 모르죠. 아니, 이 나라에서도, 이제부터 제가 하려는 일은 일부 인간의 눈에는 상궤를 벗어난 걸로 보일지도 모릅니다."

 "사형을 선고 받은 죄인을 구태여 경찰이 도울 필요는 없다고 할 사람이 어딘가에 있으리라는 말씀이신가요?"

 경위는 천천히 고개를 끄덕이며 문으로 다가가 손잡이를 향해 손을 뻗었다. 그는 나를 돌아보지 않았다.

 "그렇습니다. 제가 할 일은 그 사람들에게 웃음거리가 되겠죠. 아니, 그 사람들을 매우 노엽게 할지도 모릅니다. 하지만……."

경위가 멋쩍은 듯 더욱 빠른 말투로 덧붙였다. 간신히 그의 말뜻을 알아들을 수 있을 정도였다.

"무고한 사람을 사형에 처하고 싶지 않은 건 저도 마찬가지입니다. 그건 우리의 바람이 아니라 의무입니다."

"만약 제가 말씀드린 게 전부 진실로 입증되면……."

목소리가 잠겼다. 이제 더는 말하지 않는 게 나을지도 모르겠다. 세이케 변호사가 중환자라도 지켜보는 듯한 표정으로 나를 응시하고 있었다.

"남편은…… 목숨은 건질 수 있을까요?"

경위가 나를 돌아보았다.

그는 변호사와 시선을 잠깐 주고받더니 다시 한 번 나를 바라보았다. 내 질문의 어리석음에 어처구니없어한다기보다는 그저 무척 놀란 것처럼 보였다.

무지한 어린 여자애를 내려다보는 듯한 눈빛으로 그는 나를 내려다보았다.

"모든 건 이 모든 주장을 뒷받침할 증거를 찾는 수사를 다시 해 항소심에서 피고의 무죄가 입증된 다음의 이야기입니다만……."

문을 살짝 열어 밖에 있던 사람에게 신호를 보낸 경위는 마지막으로 다시 한 번 나를 돌아보더니 매우 부드러운 목소리로 물었다.
 "그렇게까지 남편을 사랑하신다는 말씀입니까?"

제11장

증인

 "양심에 걸고 사실만을 말씀드릴 것을 선서합니다. 거짓을 말하거나 아는 것을 감추지 않겠습니다."

 증언대에 올라선 오가타 경위는 형식적인 문구를 형식적으로 되풀이하며 피고석에 천천히 눈길을 주었다. 피고석에서는 초췌한 낯을 한 젊은 여자가 그 눈동자 깊은 곳에 꺼지지 않는 불꽃 같은 표정을 담고 그를 주시하고 있었다. 전 '클럽 레노' 스트리퍼, 전 야시마 재벌 가의 며느리, 그리고 지금은 이 공판의 피고인으로서 그의 증언에 최후의 희망을 건 한 여자가. 이 여자를 체포했을 때가 생각났다. 그녀는 바람에 날린 얇은 종잇장처럼 그의 발치에 쓰러졌다. 그 종잇장이 오늘까지 찢어지지 않고 버티다니 기적 같은 일이다!

증언대에 선 경위는 여전히 둔중하고 더욱 종잡을 수 없어 보였다. 항소심 종결을 앞두고 변호인의 신청에 의해 변호 측 증인으로 법정에 나타난 이 인물을, 상황을 모르는 사람이 봤다면 어떻게 생각했을까? 아마 미처 하지 못한 증언을 들고 나타난 얼빠진 증인이라 여겼을 것이다.

그러나 그런 생각을 한 사람은 아무도 없었다. 법정에 있는 모든 사람이, 이 남자가 바로 현재 피고석에 앉은 여자를 이 사건의 범인으로 체포하고 고발한 장본인임을 분명히 알고 있었다. 그들이 알 수 없었던 것은 어째서 이 남자가 이제 와서 변호 측에서 기대하듯 피고에게 유리한 증언을 할 마음이 들었는가 하는 점이었다. 그가 법정에 들어왔을 때 그를 맞이한 것은 기이한 정적이었다. 그가 선서를 마칠 즈음 정적은 머나먼 파도 소리 같은, 또는 통경通經 같은, 나지막한 술렁거림으로 서서히 바뀌었다. 이윽고 그것도 모래밭에 숨은 게들이 내뿜는 거품처럼 부글거리며 사라졌다.

마지막까지 그 부글거리는 소리가 남아 있던 곳은 검사석과 신문 기자석 일각이었다. 오가타 경위의 믿음직하게도, 미덥지 못하게도 보이는 그 잘 알 수 없는 거구가 증언대에 떡하니 자리했을 때, 검사의 얼굴에는 물 위에 몰아친 일진광풍처럼 동요가 스쳤고, 기자석 한구석에서는 이 자리의 존엄성, 긴박성과는 너무나도 동떨어진 무례하기 그지없는 대화가 잠시 오갔다. 본인들은 결코 존엄성과 긴장을 해치는 게 아니었다고 주장했을지도 모르지만.

"그거 봐, 내 말이 맞잖나."

"서, 설마. 피고를 체포한 게 저 경위였는데!"

"저 녀석은 오인 체포였다는 걸 인정하고 피고는 무고하다면서 사과할 생각인가?"

"그럼 새로운 진범을 지목하기에 충분한 증거를 찾아왔다, 이 말인가?"

"멍청하긴, 저 경위는 제 목을 조를 셈이군."

"녀석이 제 목을 조를지 아닐지, 거기까지야 나도 모르지. 아무튼 검찰 측에선 녀석이 법정에 서는 걸 막지 못했으니 내기는 내가 이긴 거야. 다음번 월급날에 잊지 말라고."

"쉿, 시작한다."

"변호인, 증인에 대한 질문을 시작하십시오."

재판장이 말했다.

세이케 변호사는 일어섰다. 그의 머리는 이미 헝클어지기 직전이었으나 칼라는 깨끗했다. 그는 증인석을 향해 또렷한 목소리로 물었다.

"증인은 본 사건 발생 직후 현장으로 가서 직접 수사를 지휘한 수사 주임이었습니까?"

오가타 경위는 고개를 끄덕였다.

"그렇습니다."

"증인은 앞서 1심에서 입증된 바 있는 각 증거에 의거해 피고를 체포하고 살인죄, 존속 살인죄 용의로 고발했습니까?"

"네."

"1심에서 피고의 유죄가 확정되고 사형이 선고된 시점에서 증인은 이 사건이 사실상 종결됐다고 생각했습니까?"

"음, 어, 아니……."

오가타 경위의 얼굴에 어렴풋한 동요가 스쳤다.

"생각했습니까? 생각하지 않았습니까? 명확히 답

변해주십시오."

"아뇨, 그게, 범죄 수사에서 경찰관의 임무는 통상 용의자 체포와 증거 확보 완료와 더불어 종료되는 것으로 간주되고, 그 이후의 일은……."

"임무를 맡은 경찰관으로서 말고 한 인간의 생살여탈권을 쥐었던 이로서 기억을 되살려주겠습니까? 증인은 그때 이렇게 생각하지 않았습니까? 이 판결을 뒷받침하는 근거가 된 증거엔 아직 몇 가지 불확실하고 수사가 불비했던 점이 남아 있지 않나 하고……."

"재판장님, 이의 있습니다!" 검사가 벌떡 일어나 소리쳤다. "변호인의 질문은 유도 신문입니다. 명백히 신문의 영역을 넘었습니다!"

"검사의 이의를 인정합니다." 재판장이 말했다. "변호인, 조금 전 질문을 철회하십시오."

세이케 변호사는 검사석을 흘깃하고는 한층 큰 목소리로 말했다.

"증인은 1심 판결 시에 그것을 뒷받침하는 증거에 여전히 의문이 남아 있다고 생각했느냐는 제 질문을 철회합니다."

검사가 떨떠름한 표정을 지었다.

 검사는 어째서 저렇게 떨떠름한 표정을 짓는 걸까? 마치 발정기의 스컹크와 맞닥뜨린 듯한 얼굴이다. 방청인들은, 기자들은 왜 저렇게 입을 딱 벌리고 증언대를 바라보는 걸까? 증언대에 있는 오가타 경위가 장밋빛 코끼리로라도 보이나? 그가 저 자리에 있는 게 믿기지 않는다는 말인가?

 이게 그렇게 기적적인 일인가?

 사건 수사를 담당했던 경찰관은 자신의 오인 체포를 인정하면 안 되나? 자기가 잡은 용의자의 무고함이 판명되면 그걸 인정하면 안 되나? 다시 진범을 체포하면 안 된다는 말인가?

 그가 자신의 오인 체포를 공표하기 위해 법정에 서면 세상이 뒤흔들리기라도 하나? 그런 일을 하는 경찰관이 존재하면……. 아니, 그런 경찰관이 존재한다는 게 믿기지 않는다는 말인가? 그런 이야기는 현대에서는 처녀 수태나 루르드의 기적이나 마찬가지로 허황된 이야기인가?

 세이케 변호사는 다시 증언대로 몸을 돌렸다.

 "증인은 본 사건에 대한 수사에서 자신이 취한 모

든 조치에 빈틈이 없었다고 확신합니까? 구체적으로 말하자면 증인 및 증인의 부하가 미처 발견하지 못한 증거품, 미처 수사하지 못한 장소, 미처 확인하지 못한 증언은 하나도 없었다고 단언할 수 있습니까?"

"재판장님, 이의……."

"재판장님, 검사의 이의에 이의를 제기합니다. 방금 제가 한 질문은, 이 증인이 피고 측의 요청에 의해 사건의 반증 재조사를 함에 있어 그 심리 상태에 관해 중요한 점을 언급하기 때문입니다. 이처럼 이의를 남발해선 변호인은 정당한 질문을 계속할 수 없습니다."

"……변호인의 말을 인정합니다. 증인은 방금 질문에 답하십시오."

"재판장님!"

"검사, 이의는 기각한다고 했습니다."

"증인, 방금 제 질문에 답해주십시오."

변호사의 재촉을 받고 오가타 경위는 뜻하지 않게 머뭇거렸다.

"그게 저…… 본관은 수사에 빈틈이 없었다고 확

신했기 때문에 용의자 체포를 단행한 것으로…… 다만……."

"다만, 뭐죠?"

"다만, 그게……."

경위의 이마에 땀이 맺혔다.

"그, 저, 사형에 준하는 죄의 용의로 용의자를 체포했을 경우, 과학적 증거로 입증된 확신과는 전혀 별개로, 전혀 다른 성질의 것으로, 본관은 늘 일말의 불안을, 반성을, 느끼지 않을 수 없습니다. 왜 그런 것을 느끼는지 본관도 잘 모릅니다. 본관이 확신을 가지고 직무를 수행하는 것은 사실입니다. 다만 그런 때 본관은 언제나 본관이 체포, 고발한 사람에 대한 의심이라기보다, 오히려 그 사람을 체포, 고발한 본관 자신에 대한 의심 비슷한 것을 한 번은 품지 않을 수 없습니다. 경찰관으로서 이것이 좋은 일인지 아닌지는 모르겠습니다. 그렇지만 본관은 아무리 해도 그렇게 느끼곤 합니다."

그는 이마의 땀을 닦았다.

법정에 짧은 침묵이 흘렀다. 오가타 경위가 숨을 한 번 쉬는 정도의 침묵이었다. 그러나 그사이 검사는 침을 꿀꺽 삼키고, 판사들은 눈을 깜박이는 것을 멈추고, 기자석과 방청석은 깊은 계곡 같은 정적에 잠겨 있었다. 그리고 세이케 변호사는…… 그는 변호인석에서 귓불을 긁적이고 있었다.

"그래서 말씀입니다만."

변호사의 목소리가 정적을 깨뜨렸다.

"증인이 본 사건의 재조사를 결의한 동기는 순수하게 자발적인 의지에 의한 것이었습니까? 바꿔서 말하자면, 예컨대 사형 판결을 받고 동요한 피고인이, 또는 피고인의 무죄를 믿는 주위 사람과 변호인이, 눈물을 흘리며 갖은 말로 호소해도 단순한 동정심만으로 경찰 기구가 움직이지는 않는다는 것을 증명할 수 있습니까?"

"물론입니다! 본관은 이 공판의 1심 종료 후 알게 된 새로운 사실의 중요성을 인정해서 그 사실을 입증할 증거를 찾고자 재조사를 결심했습니다. 본관의 의지를 좌우하거나 강제하거나 바꾸게 한 자는 아무도 없습니다. 그와 마찬가지로 본 법정에 증인으로서, 변호 측 증인으로서 출정할 것을 결의한 것도 본관의 자발적인 의지입니다. 그것을 좌우하거나 강제하거나 또 방해할 수 있는 자는 있을 수 없습니다!"

오가타 경위는 검사석을 바라보았다.

그는 처음 증언대에 선 게 아니었다. 검찰 측 증인으로서는 전에도 몇 번 증언대에 올라선 적이 있었다. 그가 잡은 흉악범을 감옥으로, 또 사형대로 몰아넣는 검사의 언변에 반해 귀 기울인 적도 여러 번이었다.

그러나 오늘 같은 일은 처음이었다.

그는 서서히 흥분하기 시작했다. 취조실의 냄새, 유치장의 냄새, 피와 범죄의 냄새가 셔츠 속까지 배어든 수사1과 만년 경위가 아니라, 마치 오늘 처음 법정에 와본 풋내기 경찰관처럼. 자기가 바로 정의의 수호자라고 믿던 십수 년 전 그 시절처럼.

증언대 뒤에서 오가타 경위의 손은 천천히 떨리기 시작했다.

"증인, 어디를 보는 겁니까? 이쪽을 보십시오. 지난 1심, 또 본 재판의 심리에서 피고의 사건 당일 밤 행동을 입증하고 판결에 중대한 영향을 미친 두 증인의 증언이 있었습니다. 그 증언을 담은 공판 기록을 지금 이 자리에서 읽으면, 증인은 그것이 앞서 사건을 조사할 당시 들었던 진술과 동일한지 확인할 수 있습니까?"

"그럴 겁니다. 읽어봐주십시오."

세이케 변호사는 한 문서를 펴 들었다.

"여기 있는 것은 사건 발생 당일, 피해자의 사망 추정 시각과 일치하는 30분 동안 피고가 피해자의 처소에 혼자 드나드는 것을 목격했다고 한 두 증인의 증언 속기록입니다. 증인 A는 이렇게 진술했습니다.

'그때 제가 잠에서 깨서 아버지와 교섭이 결렬됐으며 아버지가 아내의 임신조차 의심하더라고 이야기했더니, 아내는 얼굴이 창백해져서는 아버님과 직접 이야기하겠다며 제가 벗어놓은 옷 옆에 떨어져 있던 별채 현관 열쇠를 집어 들고 침실에서 나갔습니다. 저는 설마 아내가 아버지를 죽이리라고는 생각하지 못했기 때문에 그냥 잤습니다. 그러나 얼마 뒤 돌아온 아내는 제가 자는 척하면서 지켜보는 것도 모르고 안절부절못하면서 가운 주머니를 뒤지더니 뭔가 둥글게 뭉친 것을 꽃병 속에 버렸습니다.'

그리고 증인 B의 진술은 다음과 같습니다.

'그날 밤, 제가 술에 취해 응접실 소파에서 선잠을 자는 사이에 프랑스식 창문으로 드나든 사람은 그 여자 하나뿐이라는 걸 맹세할 수 있습니다. 그 여자는 갈 때나 올 때나 무척 허둥댔습니다.'

이것은 당신이 조사했을 당시 두 증인이 했던 진술과 일치합니까?"

"완전히 일치합니다."

"이 A, B, 두 증인 중 A는 분명히 '그때 제가 잠에서 깨서 아버지와 교섭이 결렬됐으며 등등 이야기했더니'라고 했습니까?"

"그렇습니다."

"'그때'가 언제인지 구체적으로 설명해주겠습니까?"

"사건 발생 당일 한밤중입니다."

"정확히 말하면 몇 월 며칠 몇 시경입니까?"

"쇼와 3×년 6월 9일 오전 0시 3분입니다."

"증인 A는 분명히 '그때 제가 잠에서 깨서'라고 했습니까?"

"네."

오가타 경위는 하여간 끈질긴 녀석이라고 감탄했

다. 자기가 용의자나 참고인을 심문할 때도 상당히 집요한 편이라고 생각하는데, 이 녀석에게는 못 당하겠다. 다음에 사건 용의자를 조사할 때 응용해서 한번 써먹어봐야겠다. 아니, 자기는 도통 이 녀석처럼은 못 할 것이다. 이 녀석의 이 침착하기 그지없는 태도, 조바심을 내지 않고 여유 있는, 그러면서 자신의 승리를 믿어 의심치 않는 듯한 이 눈빛을 봐라. 나는 이미 이 변호사처럼 생기 넘치는 표정으로 상대를 쏘아보지는 못할 것이다.

"증인은 이들 진술을 유력 증거로 피고를 체포했죠? 그때 피고 자신은 그와는 정반대로 진술했는데도, 즉, '그때 그이는 침대에서 깊이 잠들어 있었습니다.'라고 했는데도 말입니다."

"그렇습니다. 그도 그럴 것이……."

경위는 또다시 턱을 문질렀다.

"피고의 진술을 입증하는 것은 전무했던 데 반해, 앞서 언급된 증인 둘의 증언은 일치했고 더욱이 또 한 명의 증인이 그것을 뒷받침했기 때문입니다."

"또 한 명의 증인이라고요? 그게 누굽니까?"

"히다 라쿠코 증인입니다. 이 증인도 문제의 시각

에 복도에서 피고가 급히 돌아오는 모습을 목격했습니다.

'슬리퍼가 계단에 걸리는 소리 같은 게 나기에 살짝 엿봤더니 피고가 급히 2층으로 올라가는 모습이 얼핏 보였습니다.'라고 증언했습니다. 공판 기록을 조회해보십시오."

"그렇군요. 그러나 이들 증언과는 달리, 피고는 밤중에 피해자의 처소를 한 차례 찾아갔던 사실은 인정했지만 범행은 끝까지 부인했습니다. 또 앞서 언급된 진술에 관해서도 '그때 남편은 깨어 있지 않았다. 침대에서 깊이 잠들어 있었다.'라고 일관되게 주장했죠? 게다가 피고는 1심에서 각 증인이 증언대에 서기까지 '그때 제가 잠에서 깨서' 운운하는 증언이 있다는 것을 눈곱만큼도 모른 채 시종일관 '그이는 침대에서 깊이 잠들어 있었다.'라고 증언했습니다. 그렇죠?"

"맞습니다."

"증인은 피고의 그런 주장을 입증하는 수사를 벌일 의무가 있는데도 그 노력을 게을리했다고 생각하지는 않습니까?"

"네…… 아, 아뇨……."

"변호인, 그 질문은 증인의 인격 및 직무에 대한 모독이며 또……."

"재판장님."

반박한 사람은 변호사가 아니라 오가타 경위였다.

"본관은, 본관은 조금 전 질문에 대답하기를 거부하는 것이 아닙니다. 그저 답변에 정확성을 기하기 위해 생각을 정리하는 것뿐입니다. 인간은 질문을 받으면 그 즉시 가부를 대답하려는 경향이 있으니까요. 아닙니다. 본관이 그 노력을 게을리했다고는 생각지 않습니다. 피고의 진술을 뒤엎는 증언이 있었을뿐더러 두 증인이 그 증언을 뒷받침했습니다. 일대일인 경우였다면 본관은 더욱 신중을 기했을지도 모릅니다. 그러나 3 대 1인 경우에는……. 본관이 그 후 취한 행동은 당연한 결과였다고 믿습니다."

"알겠습니다. 그럼 피고의 진술이 옳았다고 생각하는 건 불가능할까요? '그때 피해자의 남편은 침대에서 깊이 잠들어 있었다.'라고. 그 경우 피고는 남편과 이야기할 수 있었겠습니까?"

"잠자는 사람과 이야기할 수는 없습니다."

"그렇다면 피고는 피해자가 피고에게 그때 어떤 태도를 보였는지 아직 명확히 알지 못했다는 뜻이 되겠군요?"

"그렇죠."

"그럼 그때 피고는 피해자에게 일방적인 적의를 품고 있었다고 생각합니까? 죽여버리겠다는 그런 감정을 품고 있었을까요?"

"그건…… 아니라고 생각합니다."

"이유가 뭐죠?"

"피고는 당시에도 여전히 기대하고 있었기 때문입니다. 피고의 임신 사실을 알면 피해자가 강경했던 태도를 누그러뜨리지 않을까, 강하게 기대하던 중이었기 때문입니다."

"그렇다면 그 직후, 피해자의 처소를 찾아간 피고가 피해자를 살해하는 일은 있을 수 있을까요? 피해자에게 원한을 품기는커녕 피해자를 '아버님'이라 부르고 태어날 아이에게는 '할아버지'라 부르게 하고 싶은, 며느리로서 당연한 희망을 여태 잃지 않았는데, 별안간 흉행을 저지를 가능성이 있겠습니까?"

"정신병자라면 또 몰라도, 정신 감정 결과 완전한

정상인으로 판정받은 피고의 행동으로서는 생각할 수 없습니다. 다만 유일한 가능성으로서, 피해자가 그때 처음으로 피고에 대한 적의, 악감정을 직접 노골적으로 표명한 탓에 피고가 발끈했을 수도 있다는 가정은 성립됩니다. 그러나 그런 사실은 결코 없었다는 것이 증명됐습니다. 피해자는 피고에게 적의, 악감정 따위 추호도 없었습니다! 적의와 악감정을 품고 있기는커녕 피해자는 피고와 태아를 위해 매달 막대한 액수의 경제적 원조를 은밀히 계획하고 있었습니다!"

"그렇다면 피고가 피해자를 살해했다 가정할 때, 피고는 그 후 자기 장래에 유리한 재산 문제 관련 서류를 스스로 파기했다는 이상한 이야기가 되겠군요?"

"재판장님! 변호인은······."

"재판장님, 검사가 흥분해서 이의를 제기하려는 이유는 변호인도 잘 압니다. 1심에서 제가 방금 언급한 것 같은 증거물, 즉 피해자가 피고와 태아—무사히 태어났다면 피고에게 초손이 됐겠죠—에게 은밀히 다달이 원조를 약속했던 자필 서류는 그림자도 찾아볼 수 없었습니다. 이것은 피고가 그런 서류가 존재했음을 꿈에도 몰랐던 것을 빌미로, 앞서 언급한 증인 중 한 명이 즉각 파기했기 때문입니다! 그러나……."

세이케 변호사는 경위에게 말했다.

"증인은 재수사에 의해 그런 서류가 분명히 존재했다는 사실을 발견했죠?"

"그렇습니다."

"그렇다면 그 증거물을 보여주십시오. 그리고 피고인이 본 사건에 있어 무죄임을 입증하는 데 도움이 될 다른 증거품도 모두 같이 보여주시고요!"

오가타 경위가 증언대 밑에서 손을 꿈지럭거리고, 온 법정이 웅성거리고, 세이케 변호사가 의기양양하게 지켜보는 가운데, 재판장 정면의 탁자 위에 지저분한 물품이 나열되었다.

구겨지고 먹 색깔도 분명치 않지만 판독이 완전히 불가능하다고는 할 수 없는 찢어진 종잇조각 몇 개, 그리고 썩어 너덜너덜해진 남자 잠옷 상의였다.

잠옷 가슴과 소맷부리에는 거뭇한 얼룩이 묻어 있었다.

방청석에서 한 젊은 여자가 일어나 부르짖었다.
"재판장님! 재판장님!"
그러더니 여자는 선 채로 흐느껴 울기 시작했다.
"정숙! 정숙!"
재판장은 먼저 여자가 아니라 신문 기자석을 향해 있는 힘껏 고함쳐야만 했다.

"이상으로 봤을 때." 세이케 변호사는 단숨에 말했다. "본 사건은 피의자들이 서로를 감싸려는, 혹은 반대로 죄 없는 이를 함정에 빠뜨리려는 악질적인 의도에서 고의로 한 위증으로 인해 진범의 존재가 마지막까지 은폐될 뻔했던 무서운 사건입니다. 본 사건의 해결을 위해서는 무고한 죄에 붙여진 피고인을 신속히 석방하고 진범을 체포, 고발하는 것은 물론, 경중의 차이가 있을지언정 관계 증인 거의 전원을 위증죄, 증거 인멸죄, 기타 용의로 고발해야 함은 명백합니다."

이제는 완전히 그의 페이스였다. 쾌속선 '세이케 호'는 언변과 제스처와 계산의 파도 위를 일직선으로 전진하기 시작했다. 이제 그 앞을 가로막을 것은 아무것도 없었다. 승리의 바람이 돛을 한껏 부풀리려 하고 있었다. 활대가 경쾌하게 울린다. 물보라는 현란한 용어가 되어 잇따라 뱃머리에 부서진다.

"1심에서 거듭 확인된 증거에 의해, 피고는 사건 당일 밤 피해자에게 당한 정신적 굴욕 및 경제적 원조를 거절당한 데 대한 원한, 그리고 피해자의 죽음으로 발생할 재산 상속 상의 이점 때문에 거의 계획적으로 범행을 행했으며 범행 후 현장에 작위를 가해 증거 인멸을 꾀한 죄로, 형법 제200조에 따라 사형을 선고 받은 바 있습니다. 그러나 1심에서 당일 밤 피고의 행동은, 자백이 아니라 관계 각 증인의 증언과 피고의 자택에서 발견, 압수된 물적 증거 및 몇 가지 상황 증거로 입증된 것이었습니다."

법정을 메운 정적에는 일종의 외경 비슷한 것이 서려 있었다. 사람들은 헛기침 하나 하지 않고 변호사의 입에 시선을 집중했다.

일찍이 이에 못지않은 열의와 긴장을 보이며 검사의 논설에 주의를 집중했던 바로 그 사람들이었다. 그때 검사는 열화 같은, 또는 얼음장 같은 어조로 '음행의 씨앗을 품은 몸을 비밀로 하고 억만장자의 후계자 아내 자리를 꿰차고 앉았지만 목적을 이룰 수 없을 것 같아지자 살인귀로 화한 비정한 전 스트리퍼'라고 그녀를 형용했다.

"즉." 세이케 변호사는 말을 이었다.

"사건이 발생한 쇼와 3×년 6월 9일, 피해자의 사망 추정 시각인 오전 0시부터 0시 반에 이르는 30분 사이에 피고가 피해자의 처소로 혼자 갔다 오는 모습을 목격했다고 증인 세 명이 증언한 것, 피고가 범행 뒤에 흉기의 지문을 닦았으리라고 가정되는 여성용 손수건이 가택 수사 결과 발견되었으며 그에 부착된 혈흔이 피해자의 혈액형과 일치했던 것, 나아가 피고가 범행 현장을 떠날 때 깜박 잊고 지문을 닦지 못했다고 가정되는 전등 스위치 두 곳의 부근에 남아 있던 지문이 피고의 지문과 일치했던 것, 또한 피고가 파기했다고 추정된 재산 관계 서류의 일부가 피고에게 금전적 손실을 안겨주는 것으로 간주되었던 것, 그리고 '별채 현관 열쇠를 두는 장소를 알기는 고사하고 그 열쇠가 별채 현관 것인지조차 확실히는 몰랐다.'는 피고의 항의가 반증에 의해 성립하지 않은 것 등등 일련의 이유에서 이 범죄는 피고인의 범행으로 단정됐던 것은 주지의 사실입니다. 그러나……."

세이케 변호사는 피고석에게 흘깃 눈길을 주었다.

"1심 종료 직전에 피고는 피고인의 행동을 입증하는 데 중요한 역할을 한 일부 증인의 증언에서 있을 수 없는 허위 발언이 있었음을 처음으로 깨달았고, 또 최종 변론에서 피고에게 변론의 여지가 없다며 <u>스스로</u> 변호를 포기한 1심 변호인의 기괴한 태도도, 문제의 위증 증인 A, 그리고 이 사건의 진범인으로 보이는 한 인물에 대한 암암리의 협조를 의미한다는 것을 알아차렸던 것입니다! 따라서 1심 종료 후, 피고는 급히 이 사실을 채용한 취지서로써 항소하는 동시에 항소심 변호를 본 변호인에게 의뢰했던 것입니다.

일체의 사정을 들은 본 변호인은 사태의 중요성을 고려해, 또 범인 및 그와 한통속인 가증스러운 일부 증인이 음험하고 악랄한 행동에 나서기 전에 기선을 제압하려는 목적으로, 이 같은 형사 공판의 변호 측 증인으로는 이례적으로 사건 발생 당시의 수사 주임, 즉 방금 증언을 마친 K현 경찰본부 수사1과 오

가타 경위에게 직접 출정을 요청했고 그것을 실현시
키는 데 성공한 것입니다!"

 여기서 한잔할 수 있으면 좋겠는데. 변호사는 생각
했다.

 그는 방청석을 둘러보고, 조금 전 온 법정이 소란
스러운 가운데 정리廷吏에게 인도되어 퇴정한 젊은
여자가 앉아 있던 자리로부터 다소 떨어진 곳에서
산불을 연상시키는 앵두색 인물을 발견하고 슬그머
니 회심의 미소를 지었다. 앵두색 인물이 꼼짝도 하
지 않고 황홀한 표정으로 그를 올려다보고 있다는
것을 그는 잘 알고 있었다. 그는 막연히 넥타이 위치
가 신경 쓰여 손을 움직였다.

 "오가타 증인이 무엇을 증명했는가. 피고가 깨달
은, 일부 증인의 증언에 있을 수 없는 허위 발언이란
무엇인가. 이는 이미 명백히 밝혀졌습니다. 사건 당
일 밤, 피고는 분명히 한 번은 피해자의 처소를 찾아
가기는 했으나, 그것은 증인 A의 증언처럼 '피해자
가 피고의 혼인 등을 정당한 것으로 인정하지 않는
다는 이야기를 자기가 피고에게 한 다음'이 아니라
그 전, 즉 피고가 피해자에게 아직 아무런 원한도 품

고 있지 않았을 때, 더욱이 피해자가 피고와 태어날 아기에 대해 고액의 원조를 계획하고 있었을 때였던 것입니다!

그 같은 은혜를 약속해준 상대를 어째서 살해하는가? 살해한 뒤, 다달이 원조할 막대한 생활비의 명세까지 피해자의 자필로 기입된 서류를 무엇 때문에 파기하는가?

이러한 행위가 실제로 행해졌다면, 변호인은 피고인의 정신 상태를 의심할 것입니다.

재판장님, 피해자를 살해한 사람은 피고가 아닙니다. 서류를 파기한 것도 피고가 아닙니다. 진범은 피해자가 피고와 그 아이에 대한 은밀한 원조를 통해 결과적으로는 간접적으로 그 인물도 원조하려 했던, 자식을 생각하는 숨은 부모 마음을 알아차리기 전에 성급하게도 흉행을 저지른 인물입니다!

미리 말씀드리지만, 범행 후 현장에 작위를 가한 인물, 그리고 서류를 인멸한 인물은 각각 범인과는 다른 사람입니다. 이 점에 관해서는 나중에 다시 한 번 설명드리겠습니다.

어쨌든 범인은 발작적이라고도 할 수 있을 흉행을

저지른 뒤, 피해자가 문제의 서류에 쓰려 했던 내용의 진의를 알고 경악해서 현장을 떠났습니다. 그런데 그 직후, 범인의 혼란스러울 대로 혼란스러운 심리에 또다시 충격을 주는 사건이 벌어졌습니다.

범행 현장에서 정원 오솔길을 따라 본채로 돌아오는 범인을, 응접실 프랑스식 창문 너머로 증인 B, 즉 다케가와 요시미 의사가 목격했습니다. 그런데 환한 달빛에 범인 또한 다케가와 의사가 모종의 배덕 행위 중임을 확인한 것입니다.

이것을 이용해 범인은 그 뒤, 다케가와 의사와 거래를 맺는 데 성공했습니다.

'조금 전에 네가 했던 일을 잊어주겠다.'

'이 시각에 네가 이곳을 지나갔다는 것을 잊어주겠다.'

이렇게 해서 거래는 성립됐고, 두 사람은 1심에서 각자 자신의 안전을 위해 앞서 말씀드린 바와 같은 중대한 위증을 했습니다. 공판 기록을 읽어드리자면, '제가 그때 잠에서 깨서…….' 그리고 '제가 술에 취해 응접실에서…….' 운운한 것입니다.

더욱이 이 위증자 중 하나인 A는 피고가 별채 열쇠

를 두는 장소를 알고 있었으며 열쇠를 그곳에 돌려놓았을 가능성도 있다고 인정했고, 고용인들도 하나같이 그 증언을 뒷받침했습니다. 뿐만 아니라, 고용인 중 도미타 시세 증인은 피고가 평소 별채 주위를 얼씬거리며 수상한 거동을 보였다고 진술했으며, 운전사 에자키 증인은 '사건 당일 아침, 피고는 자기에게 외박을 강요했다. 지금 생각하면 그 말투에서는 그날 밤 범행을 결행할 것을 알고 있었던 듯한, 일종의 '준비 행동'이라 할 것이 느껴졌다.'라며 하여간 상상력도 풍부한 진술을 한 바 있습니다.

그러나 실제로는 범인이 별채를 떠나고, 이어서 살의와는 전적으로 무관한 별개의 목적을 가지고 별채를 찾아갔던 피고가 그곳을 떠난 뒤, 별채에 모습을 드러낸 세 번째 인물이 있었던 것입니다! 바로 히다라쿠코 증인입니다.

만일을 위해 말씀드리자면, 그날 밤 피고는 자기 뱃속의 아기에 대한 주위의 부당한—감히 '부당한'이라고 말씀드립니다—억측, 중상을 부정하려고 피해자를 찾아갔던 것입니다. 별채에 들어간 피고는 현장을 발견하고 놀라, 범인을 감싸주려는 단순한 심리에서 흉기 등에 작위를 가하고 떠났습니다. 그 자체는 법적인 견지에서 보면 물론 칭찬할 행위라고 할 수 없죠. 그 뒤, 세 번째 인물인 히다 라쿠코 증인은 복도를 급히 걸어가는 피고의 발소리를 듣고 그 모습에 의심을 품어 별채로 살펴보러 갔던 것입니다.

히다 라쿠코 증인으로서는 피해자를 살해한 사람이 피고이건 진범이건 어느 쪽이건 상관없었습니다. 그러나 비록 사이가 좋지 못하다고 할지언정 피를 나눈 동생이 범인인 데 비하면, 피고는 '경멸해 마땅한 전력을 가진' 타인입니다. 더욱이 현장에 남아 있던 피해자의 자필 서류는 당치 않게도 그 타인인 피고에게 피해자가 뜻밖에 은밀히 호의를 품고 있었음을 입증했습니다. 피해자는 며느리인 피고에게 매달 ×만 엔에 달하는 생활비를 주고 자신의 사후에는 유산의 일부를 피고 명의로 별도로 분여한다는 내용을 쓰다가 배후에서 불시에 공격당해 즉사한 것입니다.

이와 같은 발견에 놀란 히다 라쿠코 증인은 이 범죄의 범인을 피고로 꾸미는 동시에 피해자의 재산이 단 한 푼이라도 피고에게 넘어가는 것을 막는다는 일석이조의 의도에서 급히 서류를 그러모으고 옷자락으로 열쇠를 싸서 별채를 떠났습니다.

 물론 침착한 증인은 전등 스위치를 켜고 끌 때도 지문이 남지 않게 옷자락으로 손가락을 쌌다고 보입니다. 이때 스위치에 남아 있었던 피고의 지문도 지워졌지만, 피고는 무의식중에 스위치 주변에도 손을 댔던 탓에 그 지문의 일부가 그대로 검출된 것입니다.

 이 뒤, 별채 밖으로 나온 라쿠코 증인은 현관문을 잠그고 열쇠를 부엌에 되돌려놓은 다음 유유히 방으로 돌아갔습니다.

 이와 같은 우연, 또는 선의 및 악의에서 비롯된 작위가 피고인에게 대단히 불운하다 할 상황 증거를 형성하고, 거짓 증언과 아울러 수사를 담당한 경찰관의 눈까지 감쪽같이 속이고 말았습니다. 본 변호인은 이처럼 양심을 잃은 각 증인의 허언을 뒤엎기에 부족함이 없는 증거를 충분히 들 수 있는 단계에 있느냐 한다면 솔직히 자신이 없습니다. 증인의 진술은 모두 자유로운 의지에 의해 행해진 것이며, 증인은 항시 자신에게 불리한 증언을 거부할 수 있는 권리를 갖기 때문입니다. 그러나……."

세이케 변호사는 목청을 돋우었다.

"여기를 보십시오. 사건 재수사에 나선 오가타 경위 이하 수사반이 각고의 노력 끝에 새로이 발견한 물품들입니다."

그는 구겨진 종잇조각을 들어 조심스럽게 주름을 폈다.

"범행 당시 피해자가 작성하던 서류 자체는 흔적도 없이 파기되었지만, 만사에 신중을 기하는 성격이었다고 보이는 피해자가 애용하던 함은 바닥이 이중이었습니다! 가족도, 변호사도 이 사실을 몰랐죠. 이미 조사한 바 있는 함을 별 기대도 없이 다시 한 번 만지작거리던 수사반원이 무심코 나전 장식의 한 부분에 손가락을 대면서 그 장치를 발견했습니다. 그리고 그 밑바닥에는 피해자가 당일 회담에 앞서 은밀히 작성했다고 보이는, 새 유언장 및 피고에 대한 경제적 원조의 명세까지 기록된 자필 초고—노인이 류머티즘에 시달리는 손으로 갈겨썼다가 수정한 비공식 문서이기는 합니다만—가 감추어져 있었습니다!"

변호사가 다음으로 들어올린 것은 너덜너덜한 남

자 잠옷이었다. 그는 그것을 왕후王侯의 망토라도 되는 양 조심스럽게 다루었다.

"이 잠옷은 지금은 메워진 저택 내 우물에서 발견됐습니다. 아내보다 먼저 자리에 누워야 했던 진범은 이 잠옷을 미처 벗어놓을 겨를이 없어 부득이 담요를 턱까지 끌어올려 아내의 눈을 속였습니다. 그리고 이튿날 아침 경찰이 도착하기 전에 친누나와 상의해 허둥지둥 버린 것으로 보입니다. 잠옷에 묻은 혈흔은 그런 상태로 오랫동안 땅속에 방치된 탓에 현저하게 갈색으로 변질됐습니다. 그러나 어디까지나 피해자의 혈액형과 동일한 것으로 인정될 수 있는 범위를 넘지는 않았으며, 그 변색 정도가 도리어 시간 경과라는 점에서 범행 일시와 부합된다는 것이 밝혀졌습니다. 이와 같은 중대한 물증의 존재를 경찰 측이 어째서 오늘까지 알아차리지 못했는지 의문입니다만……."

세이케 변호사의 시선은 방청석 한구석에 있는 오가타 경위를 스쳤다.

"생각해보면 그것도 무리가 아니죠. 이 피 묻은 잠옷의 존재를 알고 있던 사람은 진범과 그 누나, 다케가와 의사, 이 세 명뿐이었는데, 그들은 누구 한 사람 그것을 발설하지 않았습니다. 한편 그들이 제공한 허실이 뒤섞인 증언을 바탕으로 용의자로 체포된 피고인은 남편 잠옷에 피가 묻어 있는 줄은 꿈에도 몰랐습니다. 이미 유력 용의자를 체포한 경찰 측이 알리바이까지 입증된 또 한 인물이 입었던 잠옷에 생각이 미칠 리가 있을까요? 도대체가 경찰이란 누군가를 체포하면 그 증거를 입증하는 데는 전력을 다하지만, 반증 조사에는 보통 그리 열의를 보이지 않게 마련입니다."

재판장이 헛기침을 했다.

세이케 변호사는 별반 당황하지 않고 말을 이었다.

"변호인이 그렇다고 경찰을 비난하는 것은 아닙니다. 사건 직후의 수사 당시, 경찰이 우물 속까지 조사하지 않은 것은 불가항력이었다는 말씀입니다. 경찰의 수사력이 얼마나 우수한지는 이번 재수사가 여실히 보여주고 있습니다. 수사반은 피고인의 진술을 바탕으로 탐문 수사와 가택수색에 전력을 다한 끝에 야시마 가의 우물이 사건 발생 후에 느닷없이 메워졌다는 사실을 알아낸 것입니다. 범인이 어째서 잠옷을 도로 꺼내 소각하건 뭐하건 대책을 강구하지 않고 그냥 방치했는지 이 또한 의문일 수도 있겠지만, 이 우물이 또 여간 깊은 것이 아닙니다! 그 속에 들어가 잠옷을 건져 내려면 상당한 준비와 노력이 필요할 것입니다. 게다가 고용인들의 이목도 고려해야 하죠. 고용인들은 별반 위증을 의도한 것이 아니라, 진심으로 피고가 죽였다고 믿었기에 이런저런 사실과 상상을 늘어놓은 것뿐이니까요. 물론 범인 측에서는 고용인의 입을 막는 것쯤 어려울 것 없겠지만, 당연히 잠옷에 관해 아는 사람을 그 이상 늘리고 싶지는 않거든요. 범인에게 가장 간단한 수단은 구실을 내세워 우물을 메워버리는 것이었습니다. 그러면 별달리 의혹을 사지도 않고, 수고가 들지도 않습니다."

자신이 변론의 본 줄거리에서 차츰 벗어났다는 생각이 든 세이케 변호사는 키를 틀어 코스를 바로잡았다.

"이들 새로운 증거물 외에도……."

그는 목청을 돋우었다.

"1심에서 위증을 했던 증인 중 한 명으로 범인의

매형 친척인 히다 미사코 증인이 본 공판에서, 목욕을 한 뒤에는 내내 히다 부부와 같이 있었다는 증언을 자발적으로 철회하고 '아주머니가 밤중에 일어나 나가더니 조금 있다 돌아와서는 뭔가를 내내 찢었으나 스기히코 씨를 생각해 아무 말도 할 수 없었다.'라고 새로이 증언한 예기치 못한 사태도 있었습니다.

 이상과 같은 세 가지 새로운 사실을 유력한 증거로, 본 변호인은 피고의 무죄 석방을 요구하는 동시에 야시마 류노스케 씨를 살해한 진범이자 친누나 등의 협조를 얻어 아내에게 무고한 죄명을 씌우고 자신의 용의를 벗는 데 급급했던 무도한 인물, 야시마 스기히코가 저 피고석에서 재판을 받아야 함을 단언하는 바입니다!"

 법정 어디선가 누가 혀를 차며 변호사가 아니라 오가타 경위의 이름을 나지막이 내뱉었다. 그렇지만 그 소리는 모깃소리만큼도 들리지 않았다.

 일제히 끓어오른 환성과 말소리, "정숙! 정숙!" 하는 재판장의 부르짖음 가운데, 피고석에 있는 여자가 눈물 어린 눈으로 변호사를 올려다본 다음 방청석의 한 부분으로 잠자코 시선을 옮겼다.

 스기히코의 단정한 옆얼굴은 무더운 6월 오후에 자택 응접실에서 아내가 체포되는 것을 지켜봤을 때보다도 더욱 창백했다.

弁護側の証人

종장
終章

우리는 면회실 철망 너머로 서로를 응시했다.

이제 입맞춤은 하지 않았다. 짧고 이름뿐인 입맞춤조차도.

"안녕."

나는 말했다.

"이제 정말 안녕이야. 당신의 판결은 내려졌어. 항소를 하건, 상고를 하건 분명 똑같은 일만 되풀이될 거야. 당신은 판결을 뒤엎을 방법이 없어."

"그게 당신이 바랐던 바잖아?"

남편이 물었다.

그는 자상하고 서글픈 눈으로 나를 보고 있었다.

'맑고 쓸쓸한 빛이 어린 저 눈! 저게 살인을 저지른 사람의 눈일까?'

또 똑같은 생각을 하는 나 자신을 깨달았다. 그러나 저것은 사람을 죽인 남자의 눈이었다. 그리고 나를 죽이려 했던 남자의 눈이었다. 어쩌다가 그렇게 됐는지 나는 알 수 없었다.

"그래, 바라던 바야." 나는 대답했다. "난 희망을 잃지 않기로 결심했던 거야. 세상 모든 사람한테 버림을 받아도 나만은, 나 혼자만은."

"전에 내가 면회하러 왔을 때도 당신은 그런 말을 했었지. 그게 언제였을까. 아주 먼 옛일 같다는 생각이 드는군."

"그러게. 그게 언제였을까?" 나는 말했다. "기억나. 그때 당신이 웃었던 게."

"웃지 않을 수 없었어." 그는 중얼거렸다. "내 알리바이는 완벽했어. 누나도, 매형도, 다케가와도, 유기도, 모두 나한테 협조했어. 인간의 협동 정신이 어디까지 발휘될 수 있는가 하는 테마의 견본 같더군.

그야 당연하겠지. 우리는 동류였으니까. 그 집에서 태어나 그 집에서 엮인 동류였으니까. 우리는 모두 똑같았지만, 당신만은 그렇지 않았으니까……. 당신이 사형되면 우리는 다 같이 아버지의 돈을 나눠 갖고 난 미사코하고 결혼하면 되는 거였어. 내가 죽는 것보다 당신이 사형당하는 편이 다들 훨씬 유리했던 거야. 당신이 죽으면 정말 만사가 잘 풀리는 거였어. 그리고 나도 당신이 사형당하기를 바랐어. 당신이 어떤 여자인지, 다케가와가 이것저것 가르쳐준 다음엔 말이지."

"형님 말을 듣고 내 임신을 의심한 게 아니었어?"

"그렇지 않아. 난 아버지 앞에서 누나와 대판 싸웠을 정도였다고. 우리가 서로 욕설을 퍼붓는 걸 아버지는 잠자코 듣고만 있었어. 아버지는 당신을 의심한다고도, 그런 여자하고는 헤어지라고도 하지 않았어. 그건 나하고 누나하고 유기가 꾸며낸 말이야. 사실 아버지는 그저 잠자코 듣기만 했어.

아버지가 완강하게 입을 다물고 아무리 졸라도 말을 안 했기 때문에 우리는 하는 수 없이 별채에서 나왔어. 누나와 유기와 헤어져서 침실로 올라온 나는 아무것도 모르고 자는 당신을 보니까 애처롭고 또 분해서 잠이 오지 않았어.

얼마 동안 자는 척하면서 고민하는데, 12시 넘어서 당신이 일어나더니 창문을 닫고는 가운을 걸치고 나가더군. 나도 바로 일어났어. 아버지한테 히다가 횡령한 일이랑 누나네가 나하고 당신을 얼마나 내쫓고 싶어하는지 일대일로 숨김없이 털어놔야겠다고 결심한 거야. 누나가 있는 앞에선 그 말을 할 수 없었어. 말했어도 누나는 그 그럴싸한 말주변과 의미심장한 표정을 동원해서 순식간에 다들 내가 터무니없는 거짓말을 한다고 믿게 했을 거야. 누나 앞에서 난 언제나 '무능한 응석받이 도련님, 입에서 나오는 대로 아무렇게나 지껄이는 게으름뱅이 도련님'일 뿐이었어. 누나는 늘 날 그렇게 불렀고, 그 말을 들은 모든 사람이 그 말을 믿었어. 미미 로이! 당신을 찾아냈을 때 난 그 인간들의 세계에서 함께 빠져나올 길동무를 발견한 줄 알았는데.

 응접실을 통과할 때 다케가와가 깨지 않게 발소리를 죽이고 걸었지. 그 녀석이 곤드레만드레 취해 소파에 늘어져 있다는 건 알고 있었거든. 별채로 들어가 아버지 곁으로 가니까, 아버지는 서궤를 향해 앉아 뭔가를 쓰고 있었어. 날 흘깃 돌아보더니 또 왔느냐는 듯한 표정을 짓고는 도로 등을 돌리고 계속 쓰더군. 나한테 정나미가 뚝 떨어졌다는 것처럼 어떻게 발붙일 틈도 없이 냉담한 태도였어.

그런 일은 처음이었어. 우리 둘만 있을 때 아버지는 늘 다정했는데. '스기히코, 스기히코, 걱정 말고 나한테 다 맡겨라. 너한테 나쁘게는 안 한다.' 하면서 말이야. 아버지는 사실은 누나보다 날 사랑했거든. 난 알고 있었어. 난 언제든 안심하고 맡기기만 하면 됐어. 그런데 그때는…….

난 내심 울컥했어. 동시에 전에 없이 공포를 느꼈어. 아버지가 정말로 날 포기한 게 아닐까 하고 말이지. 아버지가 날 버리면 난 살아갈 수 없다는 걸 그 순간 똑똑히 안 거야.

난 진정하려고 애쓰면서 '아버지, 누나네 말인데요, 실은…….' 하고 입을 열었어. 그랬더니 아버지는 고개도 들지 않고 어깨를 흔들면서 '그만둬라, 내 다 안다!' 하고 호통을 치더군. 쓰고 있던 서류를 손으로 가리듯 하면서 왜 그런지 무척 당황해선, 당황한 걸 억지로 얼버무리려는 것처럼 고함을 친 거야. 사징부니 운전사, 쓸모없는 평사원한테 호통칠 때하고 똑같이.

내가 발끈해서 문진을 움켜쥔 건 그때였어.

피가 잠옷에 튀고 꼴사납게 쓰러진 아버지가 쓰던 서류를 읽었을 때, 난 나도 모르게 눈을 비볐어. 모조리 내팽개치고 울부짖으면서 그 자리에서 달아나고 싶었어. 열쇠를 빠뜨린 것도, 불을 그냥 켜놓은 것도 아무래도 상관없었어. 정신없이 오솔길을 따라 테라스까지 도망쳐 왔다가……. 달빛이 비쳐드는 응접실에서 다케가와하고 포옹하는 당신을 본 거야.

당신은 달빛 아래 흰 가운 자락을 늘어뜨리고 프랑스식 창문에 등을 돌린 채 그 녀석 품에 얼굴을 묻고 있었어. 언젠가 '당신뿐이야, 나한텐 당신뿐이야.'라고 하면서 내 품에서 그랬던 것처럼.

당신이 그 녀석한테 꼬리를 잡혀 축 늘어진 건지, 좋아서 그 녀석하고 얼싸안고 있는 건지, 그걸 내가 어떻게 알아. 아무튼 당신은 그 녀석 품에 안겨 있었던 거야. 입맞춤은 무의식중에 거절했다고? 다를 게 뭐지? 어쨌든 당신은 그 녀석하고 한 번은 자줄 생각이었잖아. 목적만 있으면 당신은 누구하고도 잘 수 있는 여자잖아. 남들만 모르면 무슨 짓을 해도 되는 여자가 당신이잖아.

 당신은 정원에 등을 돌리고 서 있었기 때문에 내가 있는 걸 몰랐지만, 다케가와는 날 알아차리고 놀라 당신을 풀어줬어. 당신이 가운 자락을 펄럭이면서 꿈속의 흰 나방처럼 오솔길을 달려가는 걸, 난 골담초 덤불 뒤에서 지켜봤어. 우리가 함께 보낸 즐거웠던, 짧았던 '시간'이 당신하고 같이 멀어져가는 걸 난 알 수 있었어. 당신이 왜 별채로 달려간 건지는 알 수 없었지만, 그것만은 똑똑히 알 수 있었어.

 난 서둘러 행동해야 했어. 잃어버린 걸 아쉬워하기보다 서둘러 냉정하게, 현명하게 다음 행동에 착수할 필요가 있었어. 난 프랑스식 창문을 열고 다케가와에게 말을 걸며 응접실로 들어갔어. 난 이미 침착함을 완전히 되찾고 뭘 어떻게 이용하면 될지 속으로 계산하고 있었어.

 당신 같은 여자 때문에 사형을 당해야 한다는 게 아무리 생각해도 수지가 안 맞는 것 같았어. 다행히 나한테는 진실을 한마디만 고치면 되는 알리바이하고, 그걸 옹호해줄 증인들, 그리고 그들을 내 편으로 만들 큰돈이 있었으니 사형대에 가지 않아도 될 것 같더군. 게다가 당신까지 날 감싸면서 경찰한테 거짓말을 해줬으니 말이지. 그 거짓말이 자기 무덤을 파는 줄도 모르고. 그 우둔한 경위가 나한테 유리한 말만 믿는 꼴은 우스꽝스러웠지만, 가만 생각하면 그 녀석이 당신을 체포한 것도 무리는 아니야. 그런데 아버지의 그 함! 그 분통 치미는 함! 아버지가 이중 바닥을 만들게 했다는 건 몰랐지 뭐야.

하지만 당신은 날 '목숨보다 사랑한다.'라고 입버릇처럼 말했잖아. 그 말을 할 때 당신은 그렇게 자랑스럽고 행복해 보였잖아. 그럼 나 대신 교수대에 가는 정도는……."

"그 말은 진심이었어." 나는 말했다. "당신을 정말 사랑했는걸. 진심으로 사랑했는걸. 애 아버지를 원한 것도 사실이었고, 스트립을 그만둘 수 있어서 기쁜 것도 사실이었어. 그리고 내가 당신을 목숨보다 사랑한다고 한 것도 그에 못지않게 사실이었어."

"그렇지만 당신은 그걸 증명해주지 않았잖아."

남편은 떼쟁이 어린애처럼 콧바람을 불었다. 이번에는 그가 말귀를 못 알아듣는 아이가 될 차례였다.

나는 고개를 흔들었다.

"그럴 순 없었어. 난 그럴 수 없었어. 나도 사형은 싫은걸. 특히 무고한 죄로는."

그는 이제 이 이야기는 지겹다는 듯이 나에게서 시선을 돌렸다. 지쳐서 금방 싫증을 내는 어린 남자애나 똑같았다.

이제 그만 끝내자고 생각했다.

"마지막으로 하나만 가르쳐줘." 나는 말했다. "아버님은 어째서 날 그렇게 좋아해주셨을까? 형님들 이목을 고려해서 몰래 서류를 수정해주실 만큼 날 좋아해주신 이유가 뭐야?"

남편은 내 시선을 맞받아치며 키득키득 웃기 시작했다.

"유기한테 듣기로, 아버지는 그날 아침 유기한테 이렇게 말했다더군.

'그 여자가 나한테 뭐라고 했는지 아나? 그 여자는 내 앞에 버티고 서서, 그 잘생긴 가슴을 겁도 안 내고 쑥 내밀고는, 날 정면에서 노려보면서 스기히코를 목숨보다 사랑한다고 선언한걸세. 모두가 포기한 그 쓰잘머리 없는 내 하나뿐인 아들놈을…….

그 여사는 내 죽은 마누라한테도, 딸년한테도, 아

들놈한테도 없는 성실함이 있네. 납작하게 기어와선 비위를 맞추는 것밖에 나를 대할 방법을 모르는 인간들, 내가 단 한 번도 진심으로 신뢰해본 적이 없는 인간들과는 전혀 다른 뭔가가 있어. 난 그 여자를 최대한 보살펴줄 생각이네.

하지만 알겠나, 유기. 라쿠코한테도, 스기히코한테도 반드시 비밀로 하게나.

내가 그 여자한테 그런 일을 해준다는 걸 알면 딸애는 가만있지 않을 테지. 라쿠코는 죽을 때까지 그 여자의 좋은 점을 모를 테니까. 스기히코는 스기히코대로 모처럼 사람이 될 기회를 잃고 또 예전처럼 안온하게 놀고먹는 생활로 돌아갈 게야. 그래서야 그 여자가 가엾지 않나.

알겠나, 유기. 반드시 잘 처리해야 하네.'

유기가 그런 말을 경찰한테는 입도 벙긋 않고 우리가 시키는 대로 따른 건, 그날 아침 사건이 발견되기 전에 나하고 상의한 누나가 유기의 집에 전화해서 입을 막았기 때문이야. 유기는 모든 걸 알고 있었고 당신한테 호의도 있었지만, 결국 우리 편을 들어서 다른 변호사도 매수가 가능한 놈들로만 모아 왔어.

유기만이 아니야. 다케가와도 마찬가지였어. 그 녀석은 당신한테 호의 이상의 감정을 품고 있었어. 그런데도 야시마 가의 주치의 자리하고 당신을 저울질하게 했더니 두말 않고 우리가 시키는 대로 하더군. 그런 건 우리한테 아주 간단한 일이었어, 아주……."

교도관이 나타나 면회 시간이 끝났음을 알리고는, 아직도 키득키득 웃고 있는 남편을 나에게서 떼어놓았다. 그가 교도관에게 안기다시피 해서 문 너머로 사라지는 것을, 나는 철망에 손을 얹고 지켜보았다. 그러고는 면회실에서 나와 휑뎅그렁하고 썰렁한 대기실로 들어갔다.

딱딱한 나무 벤치에 앉아 내가 나오기를 기다리던 두 사람이 동시에 일어섰다.

"축하……한다고 해도 되는지 모르겠군요."

세이케 변호사는 커다란 손을 나에게 내밀며 당혹한 표정으로 나를 보았다. 그가 또다시 변변찮은 주정뱅이 문사로만 보인다는 게 우스웠다.

"축하한다고 하셔도 돼요. 선생님 은혜는 평생 잊지 않겠습니다."

"그 말은 제가 아니라 그 경위한테 해주십시오. 당

신 같은 미인한테 그런 말을 들으면 그 사람도 후회는 잃을 겁니다. 설령 엽서 한 줄로라도. 그리고 당신과 그 사람은 이제 두 번 다시 인연이 없게 됐다 해도 말이죠."

나는 천천히 고개를 끄덕였다. 이번 사건이 해결된 뒤 오가타 경위가 K현에서도 가장 벽지인 먼 산촌 분서로 전임된 것을 나는 알고 있었다. 황량한 양배추 밭을 등지고 멀거니 서 있는 아메리카들소 같은 뒷모습을 마음속으로 그려보았다. 그는 언젠가 중앙으로 돌아올 수 있을까?

나는 건성으로 악수하는 자신을 깨닫고 허둥지둥 미소를 지으며 세이케 변호사의 손을 고쳐 쥐었다. 그러고는 이어서 내밀어진 투실투실한 손도.

진홍빛으로 손톱을 칠하고 찰캉찰캉 소리 나는 금도금 팔찌를 낀 손은 음울한 교도소 건물과 무척이나 어울리지 않았다. 에다는 가는 곳이 결혼식이건, 장례식이건, 또는 교도소 대기실이건, 언제나 화려하게 치장한다.

"울었니? 울긴 왜 울어? 그런 인간말짜하고 헤어지는 건데."

나는 장갑으로 눈을 비볐다. 마스카라가 녹아 장갑에 묻었다.

"이제 어떻게 할 겁니까?"

우리와 함께 교도소 현관까지 나온 세이케 변호사가 물었다. 이번에는 손수건에서 크게 격상해 에다가 선물한 빨간 바둑판무늬 머플러를 목에 감고 있었다. 웃고 있는데도 조금 수심에 찬 듯한 얼굴에서 그가 진지하게 나를 걱정해주는 것이 느껴졌다.

"어떻게 하기는요. 다시 '레노'에서 춤을 출 거예요. 달리 할 수 있는 일도 없고요."

"그게 제일 좋아." 에다가 말을 받았다. "벌써부터 미미 로이가 출연한다고 기대들이 대단해. 보통 이렇게 오랫동안 무대를 떠나 있던 무희가 무대로 돌아온다는 건 쉽지 않은 일이거든. 하지만 얘 경우는 달라. 얜 이제 아주 유명해졌으니 말이지. 얘만큼 신문이니 주간지에 등장한 스트립 댄서는 전대미문이라고. 다른 데서 스카우트 제의도 들어오겠다, 출연료도 올랐어. 지금은 얘가 '레노'에서 으뜸인걸."

"그럼 에다, 당신 같은 노인네는 이제 그만 은퇴해야겠군?"

"어머머, 난 아직 더 춤출 거야. 난 스트립이 좋은 걸. 무슨 필자인지 몰라도 난 그 시끌벅적하고 바보 같은 세계가 좋더라. 애를 보러 오는 손님만 있어도 난 춤출 거야."

"날 보러 오는 손님 같은 건 없어." 나는 말했다. "다들 '남편을 사형대로 보낸 여자'를 보러 오는 것뿐이야."

내 눈에는 보였다. 붉은 테이블 램프 불빛이 떠오른 어둠이, 오가는 급사들의 흰옷이, 은색 스포트라이트가. 그리고 그 한복판에서 무수한 시선을 받으며 춤추는 반라의 여자가. 그것이 바로 내가 돌아갈 세계, 내가 다다를 세계였다.

우리는 손을 흔들며 세이케 변호사와 헤어졌다. 그가 우리에게 등을 돌리고 방금 나온 건물로 어슬렁어슬렁 돌아가는 모습을 보며 나는 에다의 팔을 쿡 찔렀다.

"에다, 선생님은 왜 같이 안 오셔? 선생님께 마시고 싶은 만큼 술 사 드린다는 약속, 아직 안 지켰잖아?"

"응." 에다는 태연한 얼굴이었다. "축하는 연기하

기로 했나 봐."

"연기?"

"저 양반, 요새 굉장히 바빠졌거든. 평판을 들은 죄수들이 너도나도 몰려들고 있지 뭐야. 지금 저 양반은 제발 무죄로 만들어달라고 울부짖는 살인자 둘, 강도 넷, 그리고 더 하잘것없는 좀도둑이랑 방화범 같은 걸 수두룩이 끼고 있어. 하지만 저 양반이 축하를 뒤로 미룬 진짜 이유는 말이지……."

에다는 목소리를 낮추었다.

"실망해서 그래. 내가 당분간 은퇴할 생각 없다고 했을 때 저 양반 표정 봤어? 언제 다시 청혼할까 고민하는 거야."

"결혼하지, 왜?" 나는 멍하니 물었다. "두 사람은 좋은 부부가 될 텐데."

에다는 고양이라도 쫓듯이 손을 내저었다.

"그보다 미미, 네가 범인이 아니란 건 처음부터 알고 있었는데도 내 증언은 별로 도움이 안 됐지?"

"증언대에 설 땐 가슴이 좀 덜 파인 옷을 입고 와야지. 피고석에서도 에다의 가슴이 다 보이던걸."

"난 그런 옷밖에 없는걸."

에다는 투덜거리며 핸드백에서 껌을 꺼냈다. 나는 이제 아무것도 끼지 않은 손가락을 장갑 너머로 무의식중에 쓰다듬었다. 봄눈이 녹듯 이윽고 이 습관도 자연히 사라질 것이다.

교도소 문밖으로 나와 얼마 갔을 때, 옅은 색 오버코트를 입은 젊은 아가씨가 맞은편에서 급히 다가오는 것이 보였다. 그녀는 눈을 내리깔고 걸음을 서두르느라 우리를 알아차리지 못한 듯했다.

"미사코 씨."

나는 지나치는 순간 그녀를 불렀다.

그녀는 멈춰 서서 눈을 휘둥그레 뜨고 나를 보았다. 나를 바로 알아보지 못할 만도 했다. 그 집에 있을 때나 법정에 섰을 때에 비하면 오늘의 나는 에다 정도는 아닐지언정 그와 비슷한 복장이었다.

"그이를 만나러 왔어요?"

그녀는 대답하는 대신 부드럽고 서글픈 미소를 띠며 고개를 끄덕였다.

"얼른 가세요. 오래 기다려야 하는 데다, 어쩌면 오늘은 이제 못 만난다고 할지도 몰라요. 하지만 부탁해보세요. 면회할 수 있는 날이 이제 얼마 안 남았다고."

 그녀는 다시 한 번 고개를 끄덕인 다음, 나와 에다에게 머리를 숙이고는 수위를 향해 총총걸음으로 다가갔다. 그 모습을 배웅한 뒤 나는 생각했다. 그녀도 과거에 내가 그랬던 것처럼 철망 너머로 그와 입맞춤을 할까.

 뒷마당 마르멜루 줄기에 머리글자를 새기는 젊은 남자와 여자의 모습이 머릿속 어딘가에 떠올랐다가 사라졌다. 그들은 소리 내어 웃고는 손을 잡고 멀리 달려갔.

 '미미 로이!'

 멀리 어디선가 누가 나를 불렀다. 그리고 그 목소리도 더욱 먼 곳으로 사라졌…….

 "쟤 얼굴 기억나." 껌 싼 종이를 찢어버리며 에다가 말했다. "쟤랑 나뿐이었잖아. 네가 범인이라는 걸 믿을 수 없다고 한 사람은. 하지만 쟤도 처음엔 그 사내 편을 들었지. 법정에서 그런 소동을 일으키기 전까지는."

 "저 사람도 그이를 사랑했던 거야." 나는 중얼거렸다.

"그럼 지금은 안도했겠네. 그 쓰잘머리 없는 인간이랑 결혼했다간 한평생 고생했을 거 아니야?"

우리는 인적 없는 메마르고 추운 길을 나란히 역 쪽으로 걷기 시작했다. 우리가 신은 하이힐이 얼어붙은 길바닥에 또각또각 조그만 소리를 냈다.

"'레노'는 개장해서 깔끔해졌어. 밴드도 바뀌었고, 의상도 새 거야. 이제 이류가 아니야. 너, 그 스카우트 받아들일 거야? 조건이 좋다면 말리진 않겠지만, '레노'도 너한테 나쁘게는 안 할 거야. 어딜 가든 세상 다 똑같아."

내가 필요 없다고 했으므로 에다는 혼자 짝짝 껌을 씹으며 언제까지고 떠들었다.

[작품 해설]

미치오 슈스케 道尾秀介, 소설가

 사람들은 대개 '비밀 장소'를 갖고 있다. 어린애라면 철조망 틈새를 지나 들어가는 작은 공터, 아파트 지하 주차장에 있는 사각, 지금은 사용되지 않는 바닷가 창고 등. 어른이 되면 손님 없는 한산한 찻집이라든지 조용한 바, 아가씨가 있는 가게…… 이쪽은 다른 의미에서 비밀 장소인데, 아무튼 그런 것으로 바뀐다.
 《변호 측 증인》은 나에게 그런 비밀 장소였다. 어떤 사람에게 추천을 받아 읽은 이래로 아무에게도 가르쳐주고 싶지 않은 작품이었다. 나이가 어느 정도 있는 미스터리 팬들 사이에서는 유명한 소설이지만, 아무래도 1960년대에 쓰인 작품이다 보니 나와 비슷한 세대 사람이 이 책을 언급하는 일은 거의 없었다. 책도 이미 절판됐으니 어쩌다 발견할 가능성도 지극히 낮았다. 그래서 권하고 싶은 미스터리 이야기가 나와도 시침 뚝 떼고 안심할 수 있었다. 어쩌면 나 말고 그런 사람이 또 있었을지도 모르지만.

그런 《변호 측 증인》을 이번에 슈에이샤 문고에서 복간하게 되었다. 솔직히 나는 낙심했으려니와, 나와 비슷한 숨은 팬들도 모두 낙심했을 것이다. 소중한 비밀 장소에 느닷없이 '여기→' 하고 간판이 내걸리는 격이니 당연하다.

하지만 들킨 이상 어쩔 수 없다. 거의 될 대로 되라는 심정으로, 기왕 나오는 거 가급적 많은 사람들이 읽어주면 좋겠다고 생각한다. 특히 입소문 파워가 있는 젊은 세대가 읽어주면 좋겠다. 이 소설은 아마 세대를 불문하고 어느 누가 읽어도 훌륭한 작품일 테니까. 만약 이 소설을 조금도 즐길 수 없는 독자가 있다면 그건 그 사람에게 붓을 들 손이 없기 때문이다. 이렇게 쓴 이유는 이 뒤에 이어질 졸문을 읽으면 아마 아실 수 있으리라 생각하지만, **소설의 핵심 부분**

이 언급되니 아직 작품을 읽지 않으신 분은 반드시 여기서 책을 덮어주시기 바란다. 이미 읽으신 분도, 소설을 충분히 즐겼다면 이 해설 따위 여행을 만끽한 뒤 읽는 관광 가이드북이나 다름없으니 책을 덮으셔도 무방하다.

예전에 아시야 간노스케 씨가 했던 〈벌거숭이 대장〉화가 야마시타 기요시를 소재로 한 TV드라마-원주을 지금은 개그맨 콤비 드렁크 드래건의 쓰카지 무가 씨가 연기하고 있다. 연기, 스토리 모두 어찌나 훌륭한지 나는 칠칠치 못하게 매번 철철 울곤 한다. 그 드라마에, 그게 아마 시리즈 3화 서두였을 텐데, 벌거숭이 대장 야마시타 기요시가 후지 산 기슭의 호수에서 사생하는 장면이 있다. 호면에 거꾸로 비친 후지 산을 보고 야마시타 기요시는 '이, 이, 이 후지 산 같으면 저, 정상까지 쉽게 갈 수 있겠군.'이라며 호수로 첨벙첨벙 들어간다.

그러고는 물에 빠진다.

나를 포함해 《변호 측 증인》 제11장에서 무릎을 탁 친 사람들은 모두 이때의 야마시타 기요시다. 작가가 완벽하게 그려낸 후지 산 그림자를 진짜 후지 산이라 믿고 호수 속으로 걸어 들어가고 말았다. 그러고는 정신이 들어보니 물에 빠져 허우적거리고 있었던 것이다. 물속에서 경악에 눈을 크게 뜬 채 거품만 부글부글 내뱉는 우리 눈앞을, 그때까지 봐온 여러 장면이 전혀 다른 표정을 띠고 흘러간다.

"진정? 지금 진정하란 말이 나와? 선생님, 애 처지가 돼서 한번 생각해보란 말이야. 그렇게 반하고 또 반했던 남편이······."
"알아."(본문 56쪽)

"그렇습니다. 이젠 너무 늦었을까요? 제가 발견한 사실을 바탕으로 다시 한 번 수사를 해주십사 부탁드리는 건 미친 짓일까요? 아내는······ 아내란 원래 남편 때문에 거짓말을 하는 법이라고 단정하고 그걸로 끝인 걸까요?"(본문 94쪽)

"만약 제가 말씀드린 게 전부 진실로 입증되면 (중략) 남편은······ 목숨은 건질 수 있을까요?"(중략) "그

렇게까지 남편을 사랑하신다는 말씀입니까?"(본문 226~227쪽)

 우리는 그제야 생각난다. 그래, 그러고 보니 세이케 변호사가 딱 한 번 우리에게 힌트를 준 적이 있지 않았던가.

 "특히 이 사건처럼 일견 단순해 보이는 사건은 보는 이에게 종종 오류를 심어줄 수 있으니 말입니다."(본문 175쪽)

 제11장, 법정 장면 서두. 무방비했던 독자의 눈앞에서 천지가 거꾸로 뒤집힌다. 갑자기 물에 첨벙 빠져 허겁지겁 팔다리를 버둥거리는 우리 귓가에서 작가가 속삭인다.
 "이 후지 산이 진짜라고 제가 언제 그랬던가요?"
 아니, 그런 말은 한 적 없다. 우리는 그저 눈앞의 후지 산 그림자가, 봉우리의 기복부터 그곳에 걸린 구름 한 조각에 이르기까지, 너무나도 완벽하게 그려져 있기에…….

그러나 작가가 또다시 속삭인다.

"그 그림은 당신 자신이 그린 게 아닌가요?"

뭐라 더 할 말이 없다. 그 말이 맞다. 아닌 게 아니라 붓을 든 사람은 작가가 아니었다. 서두에서 교도관의 근엄한 얼굴을 어디에 그릴지 결정한 것도 나였다. 주인공이 세이케 변호사 및 오가타 경위와 면담하는 장면에서 배경을 무슨 색으로 칠할지 그 선택권은 나에게 있었다. 주인공이 흘리는 눈물에 갸륵함의 색을 고른 것도 나 자신이었다.

작가가 호면에 그린 것은 처음부터 색채를 더하지 않은 단순한 선뿐이었다.

그러나 이 단순한 선을 그리는 데 얼마나 많은 재능과 상상력과 용기가 필요한가. 구태여 서술 미스터리가 아니더라도, 이 단순한 선은 양질의 소설에 공통적으로 존재하는 이를테면 골격인 셈이다. 풍경도, 표정도, 즐거움도 공포도, 꿈도 희망도, 독자가 스스로 그리기에 진짜가 되는 것이다. 한 치도 어긋나지 않는 밑그림을 그리는 것, 걸핏하면 한눈을 파는 독자의 손에 붓을 단단히 쥐여주는 것. 독자가 직접 그림을 완벽하게 완성케 하는 것. 장르를 불문하고, 뛰산을 등지고 선다. 허리를 숙여 다리 사이로 얼굴을 내밀고 경치를 본다. 이렇게 거꾸로 뒤집힌 경치를 보고도 어째서 몰랐을까. 머리카락을 타고 물이 땅바닥에 뚝뚝 떨어지는 것을 느끼며 변명처럼 중얼거린다. 그러고는 역시 작가가 그린 밑그림의 묘에 감탄하는 것이다.

고이즈미 기미코 씨라는 작가는, 첫 남편 이쿠시마 지로 씨나 두 번째 남편 나이토 진 씨와 관련해, 실례되는 말이지만 제법 흥미로운 에피소드를 다수 가진 사람이다. 작가의 성장 과정이나 경력 등은 요즘 세상에 인터넷으로 검색하면 누구나 알 수 있으니 구태여 쓰지 않겠다. 그렇지만 하나만 덧붙이자면, 이 작가는 1985년 신주쿠의 한 술집 계단에서 떨어져 사망한 모양이다. 만취한 상태였다고 한다. 정말이지 아까운 화가를 잃었다. 놀라움과 감동과 더불어 그에게 배운 '밑그림 기법'을 조금이라도 이어갈 수 있으면 좋겠다고 늘 바라 마지않는다.

어난 소설가라면 누구나 그런 기법을 알고 있다.

　충격이 채 가시지 않은 상태에서 이럭저럭 물 밖으로 기어 나온 우리는 호숫가에 주저앉아 《변호 측 증인》이라는 제목을 멍하니 바라본다. 콧물을 들이마시며, 그러나 가슴에는 만족감을 품고 제목 옆에 미미 로이의 옆얼굴을 그린다. 그새 익숙해져선 붓을 움직이는 손놀림이 제법 그럴싸하다. 그러고 나서 우리는 '증인'이라는 글자 옆에 오가타 경위의 얼굴을 그리고, 내친김에 여백에 촌스러운 세이케 변호사를 그린다. 스기히코를 그린다. 무참히 살해된 류노스케 노인, 사건에 관련된 야시마 가 사람들을 그린다. 미미 로이의 표정은 슬프지만 꿋꿋하다. 오가타 경위는 사람은 서툴러 보이지만 눈빛이 곧다. 세이케 변호사는 역시 촌스럽다. 스기히코와 류노스케 노인, 야시마 가 사람들의 얼굴은 모두 무척 괴로워 보인다. 죽은 이도, 이제 죽을 이도, 살아갈 이도, 모두 눈 속 깊은 곳에 이루 정리할 수 없는 감정이 타오르고 있다. 악의란 무엇이냐며 호소한다. 어째서 시간을 되돌릴 수 없느냐며 한탄한다.

　이윽고 우리는 아직 몸이 마르지 않은 채로 후지

2011년 10월 22일 | 초판 1쇄 발행
2011년 11월 28일 | 초판 2쇄 발행

지은이 | 고이즈미 기미코
옮긴이 | 권영주
발행인 | 전재국

본부장 | 이광자
단행본개발실장 | 박지원
책임편집 | 박윤희
마케팅실장 | 정유한
책임마케팅 | 정남이 노경석 조용호

발행처 | (주)시공사
출판등록 | 1989년 5월 10일(제3-248호)
브랜드 | 검은숲

주소 | 서울특별시 서초구 사임당로 82(우편번호 137-879)
전화 | 편집 (02)2046-2852 · 영업 (02)2046-2800
팩스 | 편집 (02)585-1755 · 영업 (02)588-0835
홈페이지 | www.sigongsa.com

ISBN 978-89-527-6305-1 03830

본서의 내용을 무단 복제하는 것은 저작권법에 의해 금지되어 있습니다.
파본이나 잘못된 책은 구입한 곳에서 교환해 드립니다.